「主！目が、目が染みるのじゃ！」

「もしかして、シャンプーが目に染みるのが緊急事態なのか？」
『そうじゃっ！』

「ほら、十夜君行こう?」

「え、ああ」

頷くともう片方の手にも感触が。

「早く行きましょう」

いつの間に回りこんでいたのか、
反対側の手を黒衣が握っていた。

「いや、ちょっと……って」

これはさすがに周囲の目が……と、
口にするよりも早く二人は歩き出した。

立夏に対して無理に振り払うような真似も出来ず、
引っ張られるままに十夜は進むしかない。

「えと、立夏……?」

CONTENTS

彼と人喰いの日常

火海坂猫

GA文庫

カバー・口絵　本文イラスト

春日　歩

プロローグ　彼と人喰いの契約

殴られていた。痛《いた》ぶられていた。嘲笑《あざわら》われていた。何故こうなったかは覚えていない。くだらないことだったと思う。ただ、そんなくだらないことでもきっかけとしては十分で、結局の所理由さえあれば誰でも良かったのだろう。

ドスッ

背中を蹴《け》られた。数は優位だ。運動神経が悪いわけではなくとも、武道を学んだこともない身の上ではその優位は覆《くつがえ》せない。だから自分に出来ることなど、ただ固く身を丸めて耐える事だけだ。

「うっとおしいんだよ、手前《てめえ》は！」

「目障りなんだよ！」

「死ねよクズ！」

繰り返される罵詈雑言《ばりぞうごん》と暴行。初めは辛いものだったけれど、人間は慣れる。そして慣れてしまえば後は耐えるだけだ。ここは人気のない河川敷《かせんじき》。どうせ助けを叫んだ所で誰も来やしない。

そうでもない

「？」

罵詈雑言に混じって何か声が聞こえた気がした……いや、気のせいだ。今はただ耐える事に集中しよう。殴り続けるというのは案外疲れるもの。それも叫びながらなら尚更《なおさら》だ。耐えていれば彼らも疲れて終わる。

『本当にそうかの？』

………また声が聞こえた。幻聴《げんちょう》？　それとも安易な考えを否定しようとする心の声という奴だろうか。

『いやいや、わしはお主《ぬし》ではないよ』

否定された。しかしだとしたら何だというのか。

『わしか？　わしはクロエ……化物じゃ』

幻聴にしても突拍子《とっぴょうし》もない。

『まあ、どう思うかは勝手じゃが……このままだとお主は死ぬぞ？』

………死にはしない。彼らだってそこまでの度胸はない。このまま耐えてさえいれば終わるはずだ。

『それは無理じゃ』

幻聴が答える。確信を持って。

「ち、埒《らち》が明かねえ」

暴行の手が止まって声が聞こえた。丸まっているから状況は分からないが、背筋が震えるような不吉な気配を感じた。

「おい、それはさすがに……」

「うるせえ！」

ドゴォ

衝撃。

「がっぁ!?」

何が起こったかわからない。背中にすさまじい激痛が走った。硬い……石、か？　人の耐えられる衝撃じゃなかった。そして痛みは続いている……骨か、もしかしたら内臓を損傷したかもしれない……さっきまでは感じていなかった死の気配が濃厚に感じられた。

『ほら、言ったじゃろう?』

嘲笑うように幻聴が言う。

「もう一発くらわせてやる」

それに答えるよりも早く聞こえてくる死の言葉。逃げなくちゃまずい。耐えるなんて悠長な事を言っていられる場合ではなくなった……しかし体は動かない。散々暴行を加えられ、さらに硬い石の一撃を受けた体は動いてくれなかった。

ドゴォ

衝撃。飛びかけた意識は激痛に呼び戻される。死ぬ。このままじゃ確実に死ぬ。しかし体は動かず助けも来ない。

『そうでもない』

幻聴が答える。

『助けよう。わしと契約さえすれば、じゃが』

それは幻聴だ。

幻聴だが、しかし。

「契、約……する」

もはやこの身は死に体。

「たす……け、て……」

そんなものでもすがるしかない。

『良いじゃろう』

その声が嗤《わら》った気がした。

そして…………悲鳴が上がった。

◇

目を覚ますと辺りは真っ暗だった。

「…………あ、れ？」

最初に覚えた違和感は痛みだった。あれだけひどい暴行を受けたはずなのに体に痛みが全くない……石を叩《たた》きつけられたはずの背中にも、だ。念の為に触って確認しても違和感を覚える場所はなかった。

「！」

慌てて周囲を見渡してみるが人の気配はない……自分を暴行していたはずの三人もだ。明かりは無いが今夜は月が出ている。それなりの範囲を見渡す事は出来た。

月明かりに照らされて流れる川、短く刈《か》られた草むら。さっきまで転がっていたむき出しの土肌に昔からある古めかしい祠《ほこら》。見上げれば堤防があるがその上を歩く人影もなく、それに遮《さえぎ》られて町の光は全く見えない。

「夢………？」

自分がいるのは間違いなく河川敷だ。しかし自分に傷はなく、暴行していた三人の姿も見えないのだからそう考えるしかない。後者はただ帰っただけともとれるが、前者はその可能性を肯定するに十分すぎる。

「そっか、夢か」

ほっとする。


「そんなわけ、なかろう？」


ぞくり、と背筋が震えた。

振り返ると、そこに女が立っていた。年の頃は自分とそんなに変わらない。長い黒髪に、日本人形のように整った容姿。こちらを見て、にぃっと嗤うその女は一切の服を身に着けていない…………けれど、そんな事はまるでに気ならなかった。その瞳。この暗闇《くらやみ》の中で金色《こんじき》に光るその瞳が印象的過ぎて、そこから目が離せなかった。

「え、なんで……」

はっ、として気付く。誰もいなかったはずなのだ。しっかりと見渡した…………走り寄ってきたにしても唐突過ぎる。それだけの勢いで走ってくれば気付かないはずもない。

「わしはずっとそこに立っておったよ。お主が見逃しただけで、な」

それは嘘《うそ》だ、と理性が告げる。多少の混乱があったとはいえ意識ははっきりとしていた。間近に人が立っていたのを見逃すはずもない…………と、そこで気付く。いつの間にか女の右手には何かボールのようなものがぶら下がっていた。その手に握られた紐《ひも》のような物に繋《つな》がってぶら下が……る？

「そ、れ……？」

声が、うまく出なかった。

「おお、これか？」

女がそれを持ち上げて見せる。

「直接見た方がわかり易《やす》かろうと思ってな、一つ取っておいた」

放り捨てる。

「ひっ……!?」

ごろり、と目の前に転がったそれがこちらを見上げる。限界まで見開かれた目。それがついているのは見覚えのある顔だった。

「そうじゃ、お主を石で殴りつけた男よ」

くくく、と女が嗤う。視界がくらりと揺れて足の力が抜ける。そのまま湿った土肌に尻もちをつくと、低い視線で再び生首《なまくび》と目が合った。距離が近くなってよりはっきりとその顔が見える。二つ隣のクラスの佐藤英明《さとうひであき》。自分をリンチしていた人間の一人…………それが何で生首になってこちらを見ている？

「契約……したじゃろう？」

女が嗤う。

「だから助けた」

理解。

否定。

思考停止。その言葉の意味を正確に理解しながら認識する事を拒否する。それでも、浸透するようにそれは浮かび上がって来る。

幻聴。

提案。

承諾。

結果。

生首。

つまりはつまりはつまりはつまりはつまりは…………。

「はっ、はは……どうやっ、て？」

僅《わず》かでも否定する要素を見つけそれを口にする……馬鹿げた話だ。結果はそこにあるのだから、根本的なものは覆らないのに。

とはいえ、それほど無意味な質問でもない。目の前に立つのは細身の女。その手は空手で凶器も何もない。それが三人の不良をどうにかして……その上首を切断するなんて真似が出来るはずもない…………だが、嗤う。

女は嗤う。にぃっと…………その言葉を待っていたように。

「こうやって」

変貌《へんぼう》する。女の姿が変貌する。内側から盛り上がるようにその姿形が変わっていく。物理の法則などどこかへ行ってしまった。明らかにあれは元からあった質量を超えている。

「あ、ああ………」

声にならない。そこに居たのは巨大……そう、巨大な狼だった。体軀《たいく》は五メートルほど。全身を漆黒《しっこく》の毛が覆い、唇の端から鋭い牙《きば》が覗《のぞ》いている。そこにはもはや先ほどまでの女の姿の名残《なごり》は残っていない……いや、瞳。あの暗闇に輝く金色の瞳だけは同じだ。

「理解したかの？」

不意に声を掛《か》けられて、びくっと体が震えた。

「な、何を……？」

「どうやって助けたか、じゃ」

理解、しないはずがない。人語を解する巨狼《きょろう》。人間三人くらいどうする事も簡単に出来るはずだ。

「全員、喰《く》ったの……か？」

「ああ、皆喰った」

巨狼は答える。

「急に現れたわしに怯《おび》え逃げ出そうとしたがな。そんな暇《いとま》など与えずにぺろりと平らげた。まあ、分かりやすくする為に少々残したがな」

生首の事を言っているのだろう。

「だが、これももう必要あるまい」

そう言うと巨狼は生首を咥え…………口の中で噛《か》み砕いた。

「!?」

人の形をしたものが、そうでなくなるのを直視した。

吐き気が一気に襲ってくる……堪《こら》え切れずに膝《ひざ》をついて吐く。胃がからからになるまで吐き続けてもまだ収まらず、胃液を吐いた。

「ははは、情けないな我が主《あるじ》」

巨狼が嗤う。おかしそうに、嘲《あざけ》るように。だがその事に屈辱を感じるよりも、その中の一つの単語に思考を奪われる。

「ある、じ……？」

その言葉の意味が理解できなかった。

「主は主じゃろう？　わしと契約したのじゃから」

そうだ、確かにあの時聞こえた声は助ける代わりに契約を求めた。幻聴だとわかっていても藁《わら》にもすがる思いで答えた……これはその結果だ。しかし、信じられない。人三人を容易《たやす》く喰い殺せるような化物が、自分を主と呼ぶなどと……何かひどい代償があるように思えて仕方ない。

「その考えは間違っておらぬよ」

口に出してもいないのに巨狼が答える。

まるで思考を読んだかのように。

「その通り、簡単な思考くらいは読める。特に今の主は考えを隠せぬほどに精神が不安定じゃからな」

そう言って、くくくと嗤う。

「さて、話を戻すが契約には代償が必要じゃ。わしほどの存在が無条件で人間に付き従うなどありえん話じゃからの」

ぞくりと背筋が震えた。契約。代償。考えるだけで怖気《おぞけ》が走った。古今東西あらゆる文献を鑑《かんが》みても化物との契約は大きな代償を払う。

「くくく、そう怯えずとも良いよ」

また思考を読んだのか巨狼が嗤う。

「代償と言ってもそう大したものではない。いや、むしろ見方を変えれば主にとっては利益とも呼べるかもしれぬ」

嘘だ、と思う。悪魔は甘い言葉を囁《ささや》いてその契約に穴を作り、契約者を破滅《はめつ》させる。簡単に信じられる事じゃない。

「まあ、そう思うのは勝手じゃ……しかしいずれにせよ主には選択肢はない」

そう、すでに契約はなされているのだから。

「わしとの契約の代償として」

巨狼が告げる。

「月に一度、人を一人喰わせてもらおう」

ズシンと、衝撃を受けたように頭がぐらつく……それに歯を食いしばって、口を開く。

「そ、れの……どこが僕の利益になるって言うんだ」

「なるとも」

巨狼が答える。

「人を一人捕まえてわしの前に連れて来る必要はない。誰それを喰ってよい、とわしに許可をくれるだけでいい………それでわしはそいつを喰ってこよう」

「だから、それのどこがっ！」

「殺したい人間の一人や二人、主にもおろう？」

「⁉」

「指名さえすればわしはその人間を喰ってこよう……あの三人のように、な」

あの生首が頭に浮かぶ。恐怖に歪《ゆが》んだ死者の形相。月に一度、契約の代償という形を借りて指名した相手を殺せる………それが利益だって言いたいのか。

「ああ、一つ勘違いしておるようじゃな」

巨狼が言う。

「それはあくまでわしとの契約を維持する為の代償じゃ。それ以外にも喰えと命令されればわしはいくらでも人を喰うぞ？」

まるでパンを食べるような気軽さで口にする。しかし現に巨狼は今しがた三人喰っている……それは本当に何でもない事なのだろう。

「おっと我が主よ……ごまかしはよくない」

思考を読んで巨狼が否定する。

「確かにあの三人を殺したのはわしじゃが……殺させたのは主であろう？　その事実に目を背けるのは良くない」

「⁉」

それは、だけど。

「僕は殺してくれなんて言ってない！」

「本当に？」

巨狼が見る。そこに殺意はなかったのか、と。それはあったかもしれない、無かったかもしれない…………だけどそれを考える事すら逃げでしかない。

何故なら彼らは死んだのだ。助けを求め、契約し、その結果として彼らは死んだ。ならばそこに殺意の有無《うむ》は関係ない。自分は彼らを死に至らしめる要因であったのだから。

「う……げぇっ！」

また吐き気がぶり返す。胃の中にはもう何も残っていないから、ただひたすらに胃液を吐《は》いた。胃がひっくり返ると思うほどに吐き続けた。

「そろそろ落ち着いたかの？」

「…………」

答えずとも、巨狼は続ける。

「まだわしに代償を捧《ささ》げなかった場合の話をしておらんでの」

そう、だ。代償は払わないという選択肢もある。

「僕を、喰うのか？」

その代償が例《たと》え自分の命だとしても、今の心境なら容易く払ってしまえそうだ。

「いいや」

しかし巨狼は首を振り……嗤う。

「その場合はわしが選んで一人喰う…………誰を喰うかはその時決める」

「…………っ⁉」

愕然《がくぜん》とする。それは最悪だ。それだと誰が喰われるかがわからない。それは見知らぬ誰かかもしれないし、自分の大切な人かもしれない。全ては巨狼の気分次第。その選択を自分はただ怯えて待つ事になる…………それは、自分が喰われることよりも最悪に思えた。

「それが嫌ならば、代償を捧げればいい」

巨狼が言う。

「期間はそうじゃの……今の暦《こよみ》は？」

「……五月の、二十五日」

「ふむ、ならば切りよく六月一日から一月としよう」

宣告。その一月の内に巨狼に人を喰わせなくてはならない。

「おお、そうじゃ。まだ主の名を聞いておらんかったな」

思い出したかのように巨狼が尋《たず》ねる。

「主、名は？」

答えるしか、ない。

「神咲……神咲十夜《かみさきとおや》」

「ふむ、良い名じゃ」

巨狼が頷《うなず》く。

「わしは黒き衣と書いて黒衣《くろえ》じゃ」

そう言って巨狼……黒衣は嗤った。

「末長く、よろしく頼むぞ我が主」

「…………」

そんな事、言われても困る。化物《ばけもの》相手に末長くなんてよろしくしたくない。

「やれやれ、ひどい主じゃな」

思考を読んで肩をすくめる。

「しかしまあ、よろしくしてもらわないとこちらも困るのでな……とりあえずは主の家へと行くとしようか」

「な⁉」

思わず声が出る。

「もう夜も遅い。こんな場所でずっと立ち話というのもなんじゃろう?」

それは、そうかもしれないけど。

「それとも、わしとこのままこの場所でずっと話すか?」

想像する。暗闇の河川敷で巨狼とずっと話す……想像するだに寒気のする話だし、目撃されれば大変な事になるだろう。

「……………わかった」

頷くしかない。

「うむうむ」

満足そうに頷く。

「では、主」

「…………なに?」

「まずわしの着る服を用意してもらえるか……もちろん女物じゃぞ?」

「は?」

ポカンとする十夜を、おかしそうに黒衣は見つめた。

一章　彼の生活＋人喰い

気持ちが追い付かずとも距離は縮む。どれだけ気が進まなくても歩いていれば体は進んでいくわけで……気が付けば、自宅まで帰り着いていた。

「両親がいるんだ」

玄関の前で、躊躇《ためら》いながら十夜《とおや》は言った…………躊躇ったのは恐怖から。ならば喰《く》ってしまおうと黒衣《くろえ》が言いださない可能性はない。

「ふむ」

黒衣が頷《うなず》く。その姿《すがた》は巨狼《きょろう》ではなく再び女の姿を取っている。その黒衣が着ている服は家に戻る途中で購入したものだ。十夜の上着を貸したが、半裸というか全裸に近い状態の黒衣と街を歩くのは恐ろしく肝《きも》の冷える体験だった……だれにも見つからなくてよかった。

「確かにそれは問題じゃのう」

友人が遊びに来た、ならそれで済むが…………黒衣はこれからずっと家に居座《いすわ》るつもりなのだ。例《たと》え将来を誓《ちか》い合った恋人なんだと言い張っても、常識的に考えていきなりそれを許可する親はいまい。

「ならば、喰ってしまおうか」

十夜の顔が青ざめる……それを見て黒衣は嗤《わら》った。

「冗談じゃ」

笑えるような冗談じゃない。

「主《あるじ》の命も無しにそんな真似はせんよ」

だったら家に来るのもやめて欲しいと十夜は思う。

「まあ、主の両親は術で騙《だま》させてもらおう」

「術……術って？」

「妖術《ようじゅつ》じゃ。わしは長い時間を生きた妖《あやかし》じゃからな、幾つか妖術も覚えておる」

妖術……その言葉にようやく思い至る。妖。言われてみれば目の前の存在はそうとしか言いようがない。いくら狼が突然変異を起こしたとしてもこんな風にはならないだろう。超常の存在と言われたほうがすんなり納得出来る。

「主の両親に掛《か》けるのは一種の催眠術のようなものじゃ。特に副作用のようなものがあるものでもない、心配はいらぬよ」

そう言うと黒衣はさっさと玄関へ近づいて行く。

「あ、ちょっと……」

慌《あわ》てて追いかける。鍵《かぎ》はかかっているはずなのだ、無理矢理こじ開けられてはたまらない。

「今開けるから」

ポケットから鍵を出して開ける。

「ただいま」

入ってすぐに靴《くつ》を確認する。すでに帰っているらしく父親の物もあった。リビングの方に明かりが点いているので、多分二人ともそこにいるだろう。時間的に先に夕食を取っているかもしれない。

「お邪魔《じゃま》する」

意外な事に、きちんと一言断ってから黒衣は敷居《しきい》をまたいだ。

「主の両親はあちらじゃな」

しかしさっさと進むのに変わりはなかった。

「あ、ちょっと……」

再び慌てて追いかける…………しかし今度は追い抜くことは出来ずに、リビングの扉を黒衣が開けてしまった。

「あら、おかえり……？」

母親の声。語尾が疑問形になっていたのは、そこに立っていたのが十夜じゃなかったからだろう。

「ただいま！」

慌てて割り込む。

「あら、十夜……じゃあ、そちらの娘《こ》は十夜の御友達？」

「うん、まあ……」

曖昧《あいまい》に十夜が頷いたその瞬間、

パンッ

黒衣が手を叩いた。

「え？」

ぽかんとする。その音を聞いたとたん両親が虚《うつ》ろな表情に変わっていた。感情が抜けたような胡乱《うろん》な顔をしたまま動かない。

「ちょ、何を……」

「少し黙っておれ」

遮《さえぎ》る。

「お主達はわしの事を知っておる」

黒衣が両親へ向かって告げる。

「私達は……知ってる」

虚ろな表情のまま両親が答えた。

「わしは黒衣、事情があって預かっている知り合いの娘じゃ」

「あなたは黒衣……預かっている知り合いの娘」

「しかしその事情については深く考えない」

「……考えない」

「疑問にも思わない」

「……思わない」

「わしの口調や行動にも同様じゃ」

「……同様」

パンッ

再び黒衣が手を叩《たた》く。すると虚ろだった両親の表情が元に戻った。

「あら、お帰り十夜……それに黒衣ちゃんも」

今気付いたかのように母親が口を開く。しかも今度は黒衣の事を知っているかのように。

「二人で出掛けるのはいいが、少し遅くなりすぎだぞ。知り合いから預かっている大切な娘さんなんだ、何かあったら困るだろう?」

たしなめるように父親が十夜を見た。

「ご、ごめん……気をつける」

答えながらも十夜は呆然《ぼうぜん》とする。催眠術のようなものだと黒衣は言っていた。しかし普通の催眠術とは明らかに効果が違いすぎる……普通はこんなに容易《たやす》く掛かるものじゃない。

「あら、私ったら三人分しか夕食を用意してなかったわ」

困ったように母親がテーブルへと視線をやった。しかし母親は間違っていない。さっきまでは三人分でしっかりと合っていたのだから。そこに黒衣が割り込んだから、足りないように勘違いしてしまっているだけだ。

「おいおい、それじゃあ足りないだろう」

しかしその事に父親も気付かない。

「ごめんなさいね、うっかりしてたみたい」

「いや、気にする事はない」

頭を下げる母親に尊大《そんだい》に黒衣が返す。

「十夜と夕食は食ってきた……こちらこそ連絡も入れないですまんの」

「あら、そうだったの」

母親が笑みを浮かべる。

「なら、ちょうど良かったかもしれないわね……じゃあ、余ったのは明日のお弁当に回しちゃうわね」

「うむ、そうするとよい。明日の弁当、楽しみにしておるぞ」

そう言うと黒衣は笑った。

「では、わしらは部屋に戻る」

口を挟む暇《いとま》もない間に話は終わったようだ。呆気にとられる十夜の手を取って黒衣はリビングを出ていく。あの二人は仲がいいわね、なんて声が後ろから聞こえてくる……まるで黒衣を疑うような様子はない。

「さて、主の部屋は二階かの？」

リビングを少し離れた所で黒衣が振り向いた。

微《かす》かに嗤うその表情に、十夜は背筋が凍る感覚を覚えた。

◇

十夜の部屋はそれなりに広い。勉強机にパソコンとテレビ。壁際には本棚が幾つか立ち並び、ベッドもそれなりの大きさのものが一つ。その上テレビの前には大の字で寝っ転がれるくらいのスペースがきちんとある。両親に子供は十夜一人だったので、家を建てる時に部屋を広めに作ってくれたのだ。

だから、部屋で二人でいても窮屈《きゅうくつ》には感じない。相部屋に出来るくらいのスペースはあるのだ………面倒な事に。

「ふむ、今日からここがわしの住処《すみか》か」

部屋を見渡して黒衣が言う。

「まあまあじゃの」

「まあまあって……」

恐る恐る十夜は尋《たず》ねる。

「もしかして、この部屋に住むつもりなのか？」

「そうじゃが？」

何か問題でも？　というように黒衣が問い返す。

「いやいやいや」

冗談ではない。家に住むのは許容《きょよう》できても、同じ部屋というのは無茶な話だ。自室というのはプライベートな空間である。そこに自分以外の誰もいないから落ち着く事が出来る。そこに他者を住まわせるなんて論外だ……おまけにそれが人外の存在であれば尚更《なおさら》だろう。

「ふむ、主はわしが此処《ここ》に住む事を望まぬか？」

「あ、ああ」

恐る恐るだが十夜は頷く。

「では、仕方ないの」

意外にもあっさりと黒衣は引いた。

「わしは主の為にここを住処にしようと思ったのじゃがな……主がそれで構わぬのなら外にでも探すとしよう」

「それは……どういう意味だ？」

ここに住むのが十夜の為になるというのが理解できない。

「何、そのままの意味じゃ。わしは主の下僕《げぼく》じゃからその命令には従わねばならぬ。しかしそれも命令を聞ける場所に居れば、の事……目の届かぬ場所なら好き放題出来る。故《ゆえ》にわしから目を離したくはないだろうと思ったのじゃが……」

そう言って黒衣が嗤う。

「主にそこまで信用されておるのならば問題あるまい」

「待った」

慌てて十夜は黒衣を止める。

「わかったよ、ここを住処にしていい」

絞り出すように十夜は言った。未知は未知であるからこそ恐ろしい。黒衣の正体は思い出すだけでもまだ震えるが……ここに有るものをわざわざ未知にするのは馬鹿げた話だ。目を離してしまった事で誰かが喰われるなんて冗談じゃない。

「ふむ、残念じゃが主の命令じゃ……従うとしよう」

そう言って薄く黒衣は嗤う。とても残念そうには見えなかった……むしろしてやったりというような表情なんじゃないだろうか。

「命令には……従うんだよな？」

「もちろん」

黒衣は頷く……しかし十夜にはそれが今一信用が出来ない。十夜と黒衣が契約し、黒衣が下僕となって十夜には絶対服従。だが、それは全て黒衣から聞いた話でしかない。黒衣の正体が巨狼の妖だというのは実際に見たから嫌でも理解しているが……その点に関しては実際に確認したわけじゃない。騙されているだけという可能性もある。

「そればっかりは試してもらわねば証明しようがないの」

また、思考を読まれた。しかし読むなと命令した所で、実際に読んでいないかどうかなんて確認できない。仮に読んでもそれを口にしなければいいだけだ。

黒衣の言葉を証明させるのならば、黒衣の意に沿わぬような命令をしなければならない…………とは言え、いきなりそんな気の利いた命令も浮かばない。まさか死んで見せろと言ってもさすがに死んではくれまい…………結局は無難な命令をするしかないだろう。

「僕の許可なく傍《そば》を離れるな……命令だ」

先ほどの話を補強する形で十夜は告《つ》げた。

「了解した、我が主」

にぃっと嗤って黒衣が頷く。その表情に、これもまさか黒衣の思惑《おもわく》の内なのかと十夜は考えてしまうが……すぐに詮無《せんな》い事だと頭を振った。今は考えれば考えるほどに泥沼にはまっていく気がする。

「ずいぶんと落ち着いたようじゃの」

不意にそんな事を黒衣が言う……しかし言われてみればそうかもしれない。黒衣と遭遇した時に比べれば今は考える頭がある。もちろん恐れはまだあるが、思考を鈍《にぶ》らせるほどじゃなかった…………と、なると当たり前の疑問が浮かんでくる。

「…………聞きたい事があるんだけど」

「うむ、なんじゃ？」

「お前は……黒衣は一体何なんだ？」

「妖じゃ」

黒衣が答える。

「妖っていうのは？」

「主の想像するもので相違ない」

妖怪、物の怪《もののけ》、化物……その類《たぐい》。

「黒衣は、どうしてあそこに居たんだ？」

「偶然じゃ」

黒衣は答える。

「わしが封印《ふういん》されておった所に主達がやって来たのよ……わしはその偶然に便乗させてもらっただけじゃ」

「封印………もしかしてあの祠《ほこら》？」

河川敷《かせんじき》に朽《く》ちかけた祠のようなものがあったのは記憶にある。祠と言っても半ば地面に埋まった石の塊のようなもので、祀《まつ》られているような様子もなく、そもそもあんな場所にある事がおかしいから覚えていた。

「そう、その祠じゃ。わしはそこに封印されておった」

封印された妖が目覚めて人間と契約を結ぶ……漫画なんかではよくある設定だが、実際に自分に降りかかるなんて十夜には想像したことすらなかった。

「………何で封印されたんだ？」

「そりゃ、わしは人喰いじゃからの」

さも当然のように答える。

「ただの人間ならともかく、人喰いの化物が封印されておっても何も不思議はあるまい？　しかし数百年と放置されておれば封印も緩《ゆる》む……外に呼びかけるくらいは出来るようになった所で主がやってきたというわけよ」

それもお誂《あつら》え向きの状況で、と黒衣は付け加えた。

「お陰《かげ》でこうして外に出られた……主には感謝しておるよ」

そう言って黒衣が嗤う。つまりはせっかく封印されていた黒衣という化物を、自分が外に出してしまったのだ。その事実に十夜の頭がくらりと揺れる…………すでに三人の人間が黒衣に喰われている。おまけにその数は増えていくのだ。

「何、怯《おび》える事はない」

黒衣が言う。

「どうせ今の世も絶え間なく人は死んでおろう？　それが少々増えるだけじゃ」

嗤う。しかしそれに己が関係しているかいないかは、とても大きな問題だ。

「ま、全ては主の心次第よ」

そう言うと黒衣は小さくあくびを上げた。

「さて、そろそろ寝るかの」

「え」

十夜は思わず声を上げる。いきなりそんな事を言われるとは思わなかったし、時間もまだ八時過ぎと寝るような時間じゃない。

「封印が解けて間もないせいかの…………眠い」

多分まだ外に体が慣れておらんのじゃろう、と黒衣は続けた。

「色々あって疲れておるじゃろうし、主も休んだらどうじゃ？」

「それは…………確かに」

言われてみれば頭が重い……体の疲れというより精神的な疲れが大きいせいだ。黒衣が現れてから心労の掛かる事ばかりだったから、当たり前と言えば当たり前だが。

「わかったよ……僕も寝る」

正直に言えば自分の疲れなど無視してでも黒衣にまだ聞きたい事はあった……しかしその本人が寝てしまうのだから意味はない。

「うむ」

頷くと黒衣は服を脱ぎ始めた。

「ちょっ……!?」

いきなりの事に十夜が動揺する間に、黒衣は全ての衣服を脱ぎ切った。下着は着けていなかったのであっという間だ…………黒衣の服を買った時に、さすがに下着までは恥ずかしくて買えなかったのだ。

「では寝るとするかの」

そのままベッドに向かおうとする。

「待ってくれ！」

「何じゃ？」

体を隠そうともせずに振り向いたので、慌てて十夜は顔をそらした。肉付きが良いわけではないが、しなやかな体が視界の端に映る。さらには男なら思わず目をやってしまうような膨らみも二つキッチリ自己主張していて……って、目をそらしているはずなのにどうして視界の中に入ってしまうのか。

「な、何で裸なんだ！」

「ふむ？」

黒衣は首を傾《かし》げた。

「何かおかしいか？」

「おかしいよ！」

だって裸だもの。

「わしは主も見た通り狼の妖じゃからな、服を来ておらん方が普通じゃ。もちろん人の姿を取る時は着るようにしておるが……寝る時くらいは脱いでもよいじゃろう？」

「いや、それはそうかもしれないけど……」

納得出来るかどうかとは別問題であるわけで。

「ならば何が問題……ふむ？」

途中で何かに気付いたように言葉を切ると、黒衣はにぃっと笑みを浮かべた。

「もしや主、わしの裸を見て興奮しておるのか？」

「なっ⁉」

十夜の顔が赤くなる……その反応を見て黒衣はさらに笑みを深めた。

「そっ、そんな事はないよ」

「ほう、ならば何故わしから目をそらす？」

「最低限の礼儀だから！」

「わしは気にしておらん」

ぴしゃりと黒衣は断じる。

「わしは主の下僕じゃ」

するっと十夜へと黒衣が詰め寄る。逃げる間もなく目をそらさないように両手で顔を固定して、文字通り眼前の距離まで顔を近づけた。端正《たんせい》な顔が視界いっぱいに映り、その唇に思わず視線がいってしまう。

「じゃから、主の命令ならば何でも聞くぞ？」

ゆっくりと、その唇が動く。

「なっ、何でもって……⁉」

「何でもじゃ」

にぃっと黒衣が嗤う。何を想像したのか、十夜の顔がさらに赤くなった。

「それで、何か命令はあるかの？」

「なっ、無いっ！」

振り払うように十夜は叫んだ。

「無いから寝てくれ！　早くっ！　そのままでいいからっ！」

「……………つまらんのぉ」

興醒《きょうざ》めしたように黒衣が呟《つぶや》く。そして十夜の顔から手を放すと、ベッドへと上がり込んで犬のように身体を丸める。

「主の命令じゃ……わしは寝る」

そしてそのまま目をつぶって寝息を立て始めた。

「…………ほっ」

とりあえず十夜は安堵《あんど》して…………すぐに気付いた。

一つしか無いベッドを取られて、自分はどこで寝ればいいんだろう？

◇

誰もいなくなった河川敷、そこに一人の男が佇《たたず》んでいた。

「妙《みょう》な気配を感じて来てみれば……」

困ったように呟く。その視線は朽ちかけた小さな祠に向けられていた。

「…………こんな所にこんなものがあったんですか」

天を仰《あお》ぐ。月明かりが妙に眩《まぶ》しい。

「これは、困りましたね」

二章　彼と幼馴染の日常＋人喰い

夢を見た。暗がりの中で苦しむ夢。抵抗も出来ずに暴行を受けていた。受ける苦痛にただ苦しむしかない…………けれどそれは不意に終わりを告げる。自分を殴りつけていた者達の首が突然ポロリと転がるのだ。

それに、悲鳴を上げる。

これは終わりではなく……始まりなのだと分かっていたから。


「っ⁉」

はっと目を覚《さ》ます。

「夢、か」

最悪の目覚めだ。全身がぐっしょりと汗で濡れていた……おまけに体が痛い。何故かと言えばそれは床で寝ていたからだ。そして何故自分が床で寝ていたのかを考えると…………なるほど、あの悪夢は間違っていなかったのだと思い知らされた。掛けた毛布の隙間《すきま》から覗《のぞ》く太股《ふともも》やうなじは扇情的《せんじょうてき》だが……あれが悪夢の原因なのだ。

「全部夢なら良かったのに……」

けれど黒衣《くろえ》は十夜《とおや》のベッドで丸まって眠っている。それは紛れもない現実で、昨日起こった出来事も全て現実なのだと十夜に伝えていた。

「ふ、む…………朝かの？」

目を覚ます。昨日と変わらぬ裸体のまま、ゆったりと黒衣は起き上がった。慌てて十夜は目をそらして立ち上がる。

「外出てるからまずは服を着てくれ」

「う、む……」

いまいち力のない返事を背にして十夜は部屋を出る。昨日のようにからかおうとする気配はなかった……もしかしたら黒衣は朝が弱いのかもしれない。

「…………よいぞ」

その声に部屋に戻ると黒衣は素直に服を着ていた。顔を見るとまだまだ眠そうだ。

「今度は僕が着替えるから」

結局昨日は制服のまま寝ていた。制服は仕方ないにしても汗で濡れてしまった下着は代えておきたい。

「うむ」

黒衣が頷《うなず》く。

「………」

待つ、が黒衣は動かない。

「ええと、着替えたいんだけど？」

「うむ」

黒衣は頷く。

「………」

でもやっぱり黒衣は動かない。

「ええと、着替えたいんだけど？」

繰り返す。

「うむ」

黒衣は頷く……でも動かない。

「いや、だから、着替えたいから外に出て欲しいんだけど」

「好きに着替えればよかろう……わしは気にせん」

「僕が気にするんだよっ！」

「ふむ……？」

叫ぶ……黒衣は眠気眼《ねむけまなこ》のまま首を傾《かし》げた。

「………わしの裸は見たのにか？」

「な⁉」

「……なのに自分の裸は見せられぬのか？」

「お前が勝手に見せたんだろ！」

言い訳するように叫ぶ。

「……主《あるじ》は冷たいのぅ」

小さく呟《つぶや》く。

「いや、冷たいとかそういう問題じゃ……」

「ケチ」

黒衣は拗《す》ねたように口を尖《とが》らせ、あさっての方向を向く。

「わしとて乙女《おとめ》じゃからの、うら若き男子の裸体には興味があるのじゃ」

「数百年生きている妖《あやかし》がどの口で乙女とか言うんだよ……」

それに黒衣はやれやれと首を振る。

「主は乙女心というものがわかっておらぬの」

「乙女心と言うより、蛙《かえる》の解剖《かいぼう》を前にした子供のような視線を感じるんだけど」

にやにや笑ってんのが見えてるんだよ。

「……と、いうかお前完全に目が覚めてるよな」

「うむ」

あっさり頷く。

「…………ふう」

それに息を吐き、吸って…………叫ぶ。

「出てけっ！」

「ふむ、了解した」


悪びれた顔も浮かべず、黒衣は部屋を出て行った。

◇

「主よ、一つお願いがあるのじゃが」

追い出してからしばらくして、戻って来た黒衣は不意にそんな事を言った。

「…………なんだよ？」

身構《みがま》える。就寝前と寝起きで随分《ずいぶん》と毒気を抜かれてしまったが、目の前の相手が容易《たやす》く人を殺せる存在だという事は忘れてはいない。

「これから一時間ほど自由を頂きたいのじゃが」

「…………許すと思うのか？」

目を離すのが怖いからこそ、離れるなという命令をしたのに。

「人に危害を加えるような真似はせん」

「…………信用できない」

出来るはずもない。

「ふむ…………これは主の為なのじゃがな」

「僕の……為？」

昨日も同じ事を言われて承諾《しょうだく》した気がする。

「お主はこれから学校に通うのだろう？」

時計を確認すると時刻は七時半。いつもは八時に家を出て、二十分頃に学校に着くようにしている…………別に昨日の今日だし休んでしまっても構わないのだけど。

「いやいや、出ておいた方がよい」

にぃっと黒衣が嗤《わら》う。

「いらぬ疑いを受けたくはないであろう？」

「いらぬ、疑い……？」

意味がわからずに十夜は黒衣を見返す。

「ほれ、あの三人の話じゃ。主が殺したなどと疑われては面倒じゃろう？」

「っ⁉」

十夜の顔が強張《こわば》る。

「言うまでもないがあ奴らは戻っては来ぬ。死体が上がらずともしばらく経《た》てば騒ぎにはなるじゃろう…………その時まっ先に疑われるのは恐らく主であろう？」

三人。十夜を暴行して……黒衣に喰《く》われたあの三人。恐らく数日後には彼らが失踪《しっそう》したとして騒ぎになることだろう。

もちろん、彼らは失踪したわけじゃない……喰われたのだから。死んだ人間が見つかることなどあるわけがない。

しかし見つからなくても捜査はされる。その場合は何故見つからないか、という捜査に切り替わるだろう…………そしてその時疑われるのは十夜だ。だからこそ、彼らが失踪した日の翌日に、学校を休むなんて真似をしてはいけないのだ。

「それが…………黒衣を自由にする事に何の関係があるんだ？」

呻《うめ》くように十夜は声を出した。

「あるとも」

黒衣は頷く。

「主が学校に行くという事はわしも行かねばならぬだろう？」

「あ」

離れるなと命令したのだからそれは当然の流れだ。しかし学校というのはいきなり異物が入り込めるものではない…………けれども、学校に通う間ずっと黒衣を自由にさせておくのも恐ろしい。

「一時間くれれば、わしが学校におっても問題ないように場を整えてくる」

選択肢はない。ここで一時的に黒衣を自由にすることを断れば、黒衣をより長い時間目の届かない所へ放置する事になる。学校に行かないのが多分一番良い選択なのだろうけど……黒衣が挙げたリスクもあるし、何よりもずっと行かないでおけるものでもない。

「…………わかった」

だから、頷くしかない。頷いて信じるしかない。例え相手が恐ろしい人喰いであろうとも、信じて信じてそれに縋《すが》るしかない……と、ふと気付く。

「黒衣って……封印《ふういん》されてたんだよな？」

「そうじゃが？」

問い返す。

「それにしては戸惑《とまど》ってないよな」

「戸惑う？」

「だって数百年ぶりの外なんだろ？」

それにしては黒衣は普通すぎる。数百年前と現代では何もかもが違っているはずだ。それなのに黒衣は戸惑った様子を一つも見せていないし、驚く様子もない。いくら黒衣が人を喰った性格をしていると言っても、あまりに何もなさすぎる。

「ふむ、なるほどの」

十夜の疑問に納得がいったのか黒衣が呟く。

「その答えは簡単じゃ、わしは今の世界を知っておったからの」

「………どうやって？」

封印されていたのに。

「わしは封印されていながら主に声をかけたじゃろう？」

「……ああ」

「それはどうやって掛《か》けたと思う？」

「テレパシーみたいなものだろう？」

頭に直接響く声だった。

「違う、そうではない」

黒衣は首を振る。

「方法ではなく、もっと前の段階じゃ」

「……前の段階？」

「そう、声をかける為にまず必要なものじゃ」

考える。声をかけるには当然声が必要だが、それではなくもっと前の段階の事だと黒衣は言う…………相手。そう、相手だ。声があっても相手がいなければ成立はしない。しかしその相手を用意するには…………。

「相手が見えないと駄目、か」

相手が居る事がわからなければ声をかける事は出来ない。

「正解じゃ。封じられてから数百年経って封印が緩み、わしは外にいくらか干渉《かんしょう》出来るようになった。念話《テレパシー》はもちろん千里眼《せんりがん》の術も心得ておったのでな、今の世界の様相はそれで承知しておるというわけじゃ」

だから戸惑いも驚きもない。

「故に心配する必要はない」

黒衣は言う。

「何事もなく穏便《おんびん》に済ませて見せる」

その言葉で納得するならだれも悩みはしない……けれど納得せざるを得ない。

「……わかった」

もう一度頷く。

それに黒衣は笑みを浮かべて

「では、行ってくるとしよう」

さっと部屋を出て行った。

そしていつもの日常が戻って来た……もちろんそれは一時的なものだとは分かっている。けれど黒衣の姿が見えない、それだけで安堵《あんど》の気持ちがわいてくる。

いつものように顔を洗って、いつものように朝食を食べる。黒衣の術の効果か、黒衣がいない事にも両親は何も疑問を抱《いだ》いてはいないようだった。

◇

「行ってきます」

八時になったので家を出る。黒衣はまだ戻ってきていない。一時間と言っていたから、戻って来るのは大体HRが始まるくらいだろう。まあ、多分転校生か教職員辺りになり済まして潜入するんじゃないだろうか………ありがちだし。

「………はあ」

ため息。どうなるにせよ黒衣が学校に入り込むのは間違いない。はっきり言ってたまったものではないが……こうして傍にいない事に平穏を感じつつ、同時に今何をしているのだろうかと不安で背筋が震える。

「………ふう」

もう一度ため息。どのみち今は学校に向かうしかない…………まあ、十夜にとって学校だってそれほど平穏な場所ではないけれど。

「十夜君」

声を掛けられて十夜は一瞬固まり、それから振り返った。

「……立夏《りっか》」

見なれた顔がそこにあった。隣の家に住む幼馴染《おさななじみ》。人を喰ったような黒衣とは対称に、窺《うかが》うような表情で十夜を見ていた。小柄な体躯《たいく》に釣り合う童顔に、小さな違和感を見つけて十夜が小さく舌打つ。

「痣《あざ》、隠せてないぞ」

「⁉」

はっとした表情を浮かべて立夏が手鏡を取りだす。鏡に映った自分を確認して、その表情が小さく歪《ゆが》む。化粧で白く塗った頰《ほお》から、僅《わず》かに黒い痣のようなものが見えていた。

「…………途中のコンビニで直すから」

家に戻って直す、とは言わなかった。

「僕は付き合わないぞ」

十夜が言うと、泣きそうな表情を立夏は浮かべた。それに十夜は顔をしかめる。

「…………学校では話しかけるなって、前に言ったろ？」

「ここ、学校じゃないもん」

少し強い口調で立夏は言い返した。

「制服着てるんだし、似たようなもんだよ」

家に着くまでが遠足、みたいなものだ。

「じゃあ、僕は行くからな……付いてくるなよ」

すたすたと歩き出す。立夏は十夜の言葉通りについては来ない…………けれど数歩歩いて十夜の足が止まる。長い付き合いだ、気配でわかる。

「…………はあ」

振り返ると、予想通りの表情を立夏は浮かべていた。

「あー、もう、泣くなよ」

「……泣いてないもん」

歯を食いしばって涙ぐむのを止めてるくせに。

「わかったよ、コンビニまでは一緒でいいから」

諦《あきら》めたように十夜が言う……立夏の表情がぱっと明るくなった。

「うん、それでいいよ」

「…………はあ」

ため息。コンビニの位置は学校からそれなりに距離がある。立夏と一緒に居る所を誰かに見られるような可能性は低いだろう。

「仕方ない、か……」

頬の痣が視界に入る。

そこから目をそらして、十夜は歩き出した。

◇

「それでね、その猫がすっごく可愛かったんだよ」

「…………へえ」

淡々《たんたん》と歩きながら生返事。立夏は必死で十夜と会話しようとしているが、十夜はそれに答える気は無かった。別に立夏が嫌いなわけではない…………ただ、こうするのが一番いいのだと勝手に十夜が考えただけだ。まあ、それも昨日全て無意味になったけれど…………すぐに止めるというわけにもいかない。

「私も猫飼ってみたいなあ」

「…………世話は大変らしいけどな」

答えながら無理だろうな、と十夜は思う。立夏の今の家の環境は生き物を飼うのに適しているとは言えない…………そんな事は立夏にも分かっているだろう。ただ口にすることで少しは気が休まる……それだけの事。

そしてそれは、十夜だって同じ事。

「犬の方が、飼うのは楽らしいぞ」

一瞬、驚いたように立夏が十夜を見る……が、すぐに笑顔になった。

「うん、犬も可愛いよね！」

「チワワとかな」

「あれはあんまり可愛くない。目がぎょろっとしてるし」

「………あ、そう」

好みは厳しいようだ。

「私は犬ならハスキーとかがいいな。大きくって、もふもふしてて」

「だからどうして立夏はそう世話の大変なものを選ぶんだ……」

「だって好きなんだもん」

「………そうか」

それも好みならば仕方ない。

「ねえ、十夜君」

立夏は不意に真剣な表情を浮かべた。

「なにかあった？」

「…………何でそんな事を聞くんだよ？」

水を差されたと言うように、十夜は顔をしかめた。

「だって家の前で見た時、ため息ついてたから」

「…………ため息なら、毎日ついてるさ」

十夜は答える。

「何かあったって言うなら、僕には毎日ある。それは立夏だって知ってる事だろう？」

「…………うん」

悲しそうに立夏は頷く。

「だから立夏が気にすることなんて何もないよ……僕に比べれば、お前の方がずっと大変なんだから」

「…………そう、だね」

小さく立夏は呟いた。

「コンビニだ」

話を切るように十夜は言った。視界の先にコンビニが見えた。

「行って来いよ。僕は先に行くから」

「…………うん」

躊躇《ためら》いがちに立夏は頷いた。そして少しだけ留《と》まって、コンビニへと足を向けた。

「立夏」

その背に十夜は声をかける。

「学校では声をかけるなよ」

「………うん」

振り向かないまま、立夏は答える。だからその表情は分からなかった………まあ、予想くらい簡単につくんだけれど。

「じゃあな」

「うん、またね」

同じクラスだから、またすぐに会う。

けれどもう、話す事はないだろう。

◇

「おはよう」

扉を開けて教室に入る。クラスメイトの視線が十夜に移り、騒がしかった教室が一瞬だけ静まる………そして何事もなかったように再び騒がしくなる。そんな中を十夜は無言で自分の席へと歩いて行く。

「…………ふう」

席について一息吐く。毎日の事だとはいえあまり慣れない…………それでもまあ嫌がらせをされないだけマシなのだろう。避《さ》けられて、存在を無かった事にされても、疎外感《そがいかん》を覚える以外には実害はないのだから。

HRまではまだ時間がある。普通は雑談でもして過ごすのだろうけど、十夜に話しかけて来るものはいないからする事がない。仕方ないから教科書を取りだして一限目の授業の予習をする…………そのおかげで成績は少しずつ上向いていた。

「おはよう」

十夜から五分ほど遅れて立夏が教室に入って来た。十夜と違い、立夏に対してはまばらに挨拶《あいさつ》が返って来る。一瞬立夏の視線がこちらに向いた気がしたが、十夜は無視して教科書へと視線を落とした。するとすぐに立夏が友人と話す楽しそうな声が聞こえて来る…………それに少しだけ安堵を覚えて、十夜は視線を巡《めぐ》らせた。

「…………」

一つの席で十夜の視線が止まる。HRはもうすぐ始まるが未だにそこは空席。その席に座る生徒は無断欠席も珍しくないから、誰もその事を気に留めてはいない…………けれど十夜は知っている。あの空席が埋まる事はもうないのだと。

キーンコーン

予鈴《よれい》が鳴り響く。空席から視線を外して十夜は教科書を片づけた。

「おはよう」

それとほぼ同時に担任教師が教室へ入って来た。

「早く席に着け。ＨＲ始めるぞ」

騒がしかった教室が一気に静かになる。

「それじゃあ出欠をとる。青木《あおき》、浅井《あさい》……」

あいうえお順に点呼を取っていく。

「神咲《かみさき》」

「はい」

返事。

「来海《くるみ》」

立夏も答える。

「遠坂《とおさか》……は、また休みか」

空席に、教師が目をやる。それから五分と経たずに出欠確認は終わった。

「それで今日の連絡事項なんだが………急な話だがこのクラスに転校生が来る事になった」

教師の言葉に一気に教室がざわめく。十夜としては半ば予想していた事なので驚くような事はない。

「入って来てくれ」

教師の言葉にがらりと扉が開く。その瞬間、教室のざわめきが静まった………それだけの存在感を彼女は持っていた。

「初めまして。大神《おおがみ》黒衣と申します」

ゆっくりと前に立ち一礼。そこには普段の不遜《ふそん》な態度はまるでなく、代わりに優雅さがあった。黒衣の本性を知らなかったらきっと十夜も目を奪われていただろう。清楚《せいそ》で和服の似合いそうなお嬢様、印象としてはそんな感じだ。

「これから皆さんと一緒に授業を受ける事になります。迷惑をかける事もあるかもしれませんが、皆さん仲良くしてくださいね」

そしてほほ笑む。男子は言わずもがな、女子すらも顔を赤らめていた。

「ええと、それじゃあ席は……」

「あの席の隣にしてもらえますか?」

見回す教師に黒衣は席を指差す………指差す先は間違いなく十夜の隣だった。

「神咲の隣か……お前ら知り合いなのか?」

「はい」

にっこりと黒衣がほほ笑む。

「婚約者ですので」

「⁉」

教室中がどよめき……十夜の思考は真っ白になった。

「そうか、じゃあ席は隣がいいな」

どよめく教室とは対照に、事の他冷静に教師は受け入れたようだ。手早く十夜の隣の席の生徒に席を動くように指示をする………そこまで柔軟性のある教師ではなかったと思うので、両親と同じように術を掛《か》けられているのかもしれない。

しかしそんな事よりも、十夜にとっては自分に集まる視線の方が問題だ。教室中から集まるどうしたものかというような微妙な視線と、その内の一人からの困惑した視線。前者は放っておいて問題ないが、後者の対応をどうすればいいのかと頭が痛む。

「よろしくお願いしますね」

その原因たる黒衣は、素知《そし》らぬ顔で隣の席に着いた。

◇

その後も微妙な空気のまま時間は過ぎて行った。普通なら休み時間の度に転校生の元に人が集まる、なんて展開になるのだろうけど…………黒衣のあの発言のせいで皆動きかねているようだった。少なくとも十夜が近くに居る間には寄って来る気配はない。

そして黒衣はそんな周囲を気にした様子もなく、いけしゃあしゃあと猫を被《かぶ》ったまま十夜に話しかけて来る。婚約者という設定を押し通すつもりなのか、態度もかなりなれなれしい。周囲の目があるから邪険《じゃけん》にしづらいのがより厄介《やっかい》だった。

「…………はあ」

そんなわけで、昼休みになると同時に十夜は教室を逃げだした…………まあ、こんな事がなくたって教室で昼食をとる事はいつもないんだけど。避難場所は屋上。本来なら立ち入り禁止で施錠《せじょう》されているが、十夜は鍵を手に入れてこっそり使っているのだ。

「ひどいのぉ、主は」

だから入ってからきちんと施錠している…………なのに黒衣はやって来た。入口からではなく、外から柵《さく》を飛び越えて。

「転校したてで右も左も分からぬ婚約者を放っておくとは」

「…………誰が婚約者だよ」

うんざりした口調で十夜は言う。

「勝手にあんなこと言って……どういうつもりだよ？」

「どういうつもりもない」

黒衣は答える。

「ああ言っておけば妙な虫もまとわりついてこぬと思ったまで。同居している事の説明もそれで済むしの」

それはそうかもしれないが……間違いなく他に方法はあっただろう。

「そう言えば、お前の目」

「ふむ？」

「いや、黒いなって思って」

「ああ」

黒衣は頷く。

「流石に金色《こんじき》のままでは目立つのでの、術で黒くしておる」

確かに金色の目をした人間はいない。

「所で主よ」

「…………なんだよ？」

「クラスの者となにかあったのか？」

「!?」

いきなりの質問に十夜が動揺する。

「なんでそんな」

「いやなに、主が教室を出てから皆わしの下にやってきての。色々と質問攻めにあったのじゃが、どうにも主が絡む話題は皆意図的に避けているようでの……何かあったかと思うのが普通じゃろう?」

婚約者なんておいしいネタ、触れない方がおかしいのに。

「のう、何があったのじゃ?」

その顔が、嗤っているように十夜には見えた……何もかも見透《みす》かしたうえで尋ねているようにしか十夜には思えない。

「別に大したことじゃない」

黒衣から少し目をそらして十夜は答える。

「昨日……僕は死にかけていただろう?」

「うむ」

頷く。

「僕をリンチしていた連中はこの学校ではそれなりに有名な不良だ……だから目をつけられていた僕を皆避けてるんだよ」

「目をつけられていた、のう……」

腑《ふ》に落ちぬように黒衣が呟く。

「のう、主よ」

「………なんだよ」

「何故主はあ奴らにいいようにやられておったのじゃ？」

一瞬、虚《きょ》をつかれたような表情を十夜は浮かべた。しかしすぐに戻す。

「………別におかしい事じゃないだろ。あっちは三人でこっちは一人だ」

「ふむ、そうかのう……」

黒衣は首を傾げる。

「しかし主はあの状況にあってもあ奴らに屈服してはおらんかった。それだけの胆力《たんりょく》があればどうとでも出来たように思えるがのう」

「………買いかぶりだ」

打ち切るように十夜が言う……しかし黒衣は続ける。

「それなのにあ奴らに抵抗できなかったのは………例えば、何か弱みがあったとかの」

その言葉に思わず反応しそうになったのを、十夜は何とか押し留めた。だがそれを見抜けぬような黒衣ではなく………にぃっと唇がつり上がる。

「そう言えば主が教室を出て行ってから、わしはずっとクラスメイトの質問攻めにあっていたわけじゃが、一人だけ寄ってこない者がおっての」

「…………」

「そのくせわしをずっと見ておるのじゃ。今すぐ問いたい事があるのに、それを問いただすだけの勇気がない……とでもいうような表情でな」

「…………」

十夜は小さく唇を噛《か》んだ。

「名前は何と言ったかの……来海立夏、じゃったかの」

「黒衣っ！」

気が付くと十夜は黒衣の襟首《えりくび》を摑《つか》んでいた。

「むぅ、いきなりなんじゃゃ？」

「あいつに、手を出すな」

その言葉に黒衣は肩をすくめる。

「手を出すなも何も、わしは何もしておらん。ただその者からの視線を感じたという話をしただけじゃろう？」

その通りだが、それだけの話を黒衣がするはずもない。

「ふむ、やはりあの娘が主の弱みだったわけじゃな」

納得したように黒衣が頷く。

「逆らえば危害を加えると脅《おど》されたか、もしくはその可能性を鑑《かんが》みて抵抗する事を止めたのか…………いずれにせよあの娘の為に主は耐える道を選んだわけじゃな。おまけに巻き込まぬ為に自分に話しかけないように言い含めまでして」

くっくっくっ、と黒衣が笑う。

「大したものじゃな我が主。それだけの気骨のある人間は中々おらんぞ？」

「…………馬鹿にしてるのか？」

「まさか」

大袈裟《おおげさ》に黒衣は肩をすくめる。

「人をそれだけ思えるというのは美徳じゃよ。あの娘もそれだけ思われれば幸せじゃろう」

もう一度黒衣が嗤う。それを十夜は睨《にら》みつける。

「あいつに、手を出すなよ」

「…………じゃから、わしは何もしておらんと言っておろうに。主の命令なしに勝手に動いたりはせんよ」

勝手に婚約者なんて設定をつけたくせに。

「まあ、向こうから来るぶんには仕方ないがの」

「え？」

十夜がその意味を聞き返そうとしたその時、

どんどん

施錠された扉を叩《たた》く音が聞こえた。

「まさか……」

扉を見る十夜の予想は当たっていた。

「十夜君、いるんでしょ？」

「立夏⁉」

何でここに、とは考える必要もない。学校では声をかけるなと言い含めてあっても、いきなりの婚約者話だ…………気にならないはずもない。

「ねえ、開けて」

ガチャガチャとノブを掴む音がする。

「開けてやらぬのか？」

黒衣が十夜を見る。居留守を使った所で先延ばしにするだけだ。幸いここなら他人に見られたりする心配はない…………十夜は一つため息をついた。

「開ける……立夏に絶対に何もするなよ？」

「厳守しよう」

唇をつり上げて黒衣が頷く……その表情からはやはり本心は図《はか》れない。不安は一抹《いちまつ》どころじゃないがそれでも開けるしかない。

ガチャ

鍵を開けて十夜は扉を開けた。手を振りあげたままの姿勢の立夏が視界に映る。少し涙ぐんでいるのは見間違いじゃないだろう。

「入れよ」

「うん…………あ」

頷く立夏の視線が十夜の後方に伸びて、そこに黒衣の姿を見つけた。その表情が僅《わず》かに歪んで、立夏は十夜を見た。

「いいからまずは入れ。ちゃんと説明するから」

「…………うん」

もう一度頷いて立夏が屋上に足を踏み入れる。それを確認して十夜は再び屋上の扉を施錠した…………何を説明すればいいのかなんて十夜にすらわかっていないのだが。

「え、と……大神黒衣さん、だよね？」

内気な性格の立夏には珍しい事に、十夜を待たずに立夏は黒衣へと話しかけていた。

「ええ、あなたは……？」

猫を被って黒衣が応対する。会話するのはこれが初めてなのだから、立夏の名前も黒衣は知らない設定だ。

「私は来海立夏って言います」

牽制《けんせい》するように、語気《ごき》は強めだった。

「大神さんは、十夜君とはどういう関係なんですか？」

「あら」

きょとんとするような仕草を黒衣はして見せた。

「婚約者だって言わなかったかしら？」

「嘘《うそ》です！」

立夏が叫ぶ。

「だってそんな事、私だって知らなかったのに」

涙ぐむ。

「あら、ええと……」

困ったように黒衣が十夜を見る。その白々《しらじら》しい演技に辟易《へきえき》しながらも、十夜は求められている返答を返す。

「立夏は家が隣なんだ。子供の頃からの幼馴染だよ」

「ああ、そういうことですか」

納得したように黒衣が頷く。

「それなら言っても問題ないですね……来海さん、あれは嘘ですから」

「え？」

「ですから、嘘なんです」

きょとんとする立夏に黒衣は繰り返した。

「その私、自分で言うのもなんですけど……美人でしょう？」

「え、うん」

戸惑いながら立夏が頷く。本当に自分で言うのもなんな話だ。

「ですから前の学校では男子の方に言い寄られて大変だったんです……それで、こちらではそうならないように嘘をつかせてもらったんです」

「あ、それで……」

「ええ、婚約者がいればさすがに言い寄ってはこないでしょうから」

自画自賛に聞こえなくもないのだが、それを認めさせるだけの容姿を黒衣は持っていた。だから立夏もすんなりと納得してしまっていた。

「でも、それじゃあ二人の関係は？」

「私と十夜は親戚《しんせき》なんです……もっとも親戚の寄り合いで会う程度で、私がこちらに来た事はなかったんですけどね。それが両親の都合で十夜の家のお世話になる事になって、十夜と相談してそういう事にしておこう、と」

「そうだったんだ……」

「ほっとしました？」

「え⁉」

立夏の顔が真っ赤《まっか》になる。

「や、やだ、私は別に十夜君とはそんな仲じゃないですから！」

あたふたと否定しながら、ちらちらと立夏が十夜を見る。

「うん、まあただの幼馴染だよ」

「え……うん、そうだよね」

そこで暗くなるなら否定しなければいいのに。

「二人は仲良しさんなんですね」

くすくすと黒衣が笑う。

「だ、だから違うんです！」

また真っ赤になって立夏が否定する。しかしその本性を知っている十夜としては辟易するしかない。

キーンコーンカーンコーン

不意にチャイムの音が響く。十夜は助かったと息を吐いた。

「立夏、そろそろ戻らないと」

「あ、そうだね」

立夏が頷く。十夜は屋上の出入り口の施錠を外して扉を開けた。立夏はそれをくぐり、くるりと振り向いた。

「十夜君は戻らないの？」

「少し後に戻るよ」

十夜は答える。

「教室に一緒に戻るわけにもいかないし、な」

その言葉に立夏の表情が曇る。それは半分嘘で、半分本当だ。

「………わかった。先に戻るね」

表情を曇らせたまま、立夏が屋上を降りていく。十夜はそれを見送って、その姿が見えなくなってから振り向いた。

「睨まないで欲しいのう」

悪びれた様子もなく黒衣が言う。

「主の命令通りあの娘には手をださなかったし、婚約者だという話もごまかしておいたじゃろう？」

「…………ああ」

頷く。それは確かだ。

「それなのに、主は何に不満がある？」

「…………」

十夜は答えられない。強いて言うのならそれは気に入らないだけだ。黒衣と立夏が会話し、恐らくはいくばくか黒衣に対して立夏は気を許した…………それが気に入らない。黒衣という存在が立夏に近づく事を、十夜は良しとしたくない。

「まあよい、そろそろ我々も行かねば遅れてしまうぞ、主」

「…………そうだな」

頷いて、十夜は屋上を出た。

◇

「それにしてもひどいよね、十夜君は」

放課後の帰り道、半ばを過ぎた所で小走りに追いついてきた立夏は、そう言って頬を膨らませた。

「なんでだよ」

「だって、大神さんの事黙《だま》ってたじゃない」

確かに立夏の立場からすればそうなる……まあ、実際の所は当日まで十夜も知らなかったわけだから、不可抗力と言えるのだけど。

「ええと、ごめん」

ちなみに当の黒衣は今はいない。校内の施設を把握しておきたいらしい……離れるなと命令したのに意味がなかった気もする。

まあ、今朝方自由にさせたばっかりなのだから、今さらという気もするが。

「色々急だったからさ……つい、話しそびれてて」

「……本当?」

「本当だって」

急だったのは嘘じゃない。文字通りに昨日今日の話なのだから……学校に来る事になった事に至っては今朝の話だ。まあ、話しそびれたというよりは意図的に忘れたかったのかもしれないが。

「……仕方ないから許してあげる」

納得してくれたようでほっと一息。

「けど大神さんって今は十夜君の家に住んでるんだよね」

「ああ、そうだけど」

「…………部屋は別だよね？」

「当たり前だろう？」

即答する。こういう時に疑いを持たれないコツは、当たり前だが迷ったり動揺したりする様子を見せない事だ。しかし即答も早すぎてはいけない。早すぎれば予め答えを用意していたように見えるからだ。微妙に間を置いて即答する、矛盾《むじゅん》だがそれがベストだ。

「でも十夜君の家に空いてる部屋なんてあったっけ？」

「倉庫代わりに使ってた空き部屋を掃除したんだよ。不便になるけどあそこにあった物は全部屋根裏に移して」

幼馴染だから互いの家の間取りも承知している……だからそんな返しが来る事は予想していた。十夜の家は長く使わない物を屋根裏に入れて、それ以外の物は倉庫代わりの空き部屋に収納していた。だから今の説明に無理はない…………まあ、問題なのは立夏が家に来た時の為に実際にそうしておかなくてはならない事だけど。

「よかった…………嘘じゃないみたい」

ほっとして立夏が呟く。

「なんで僕が嘘つくんだよ」

まあ、全部嘘なんだけど。

「だって、大神さんすごく綺麗《きれい》なんだもん」

まあ、確かに見た目は綺麗だけども。

「だから十夜君が襲《おそ》っちゃったりしないか心配で」

「…………立夏は僕をどんな目で見てるんだよ」

ちょっとひどい評価過ぎる。

「だってほら、一つ屋根の下に同居っていったら裸を見ちゃったりとか、トイレではち合わせちゃったりとかあるじゃない？」

「それは漫画の読み過ぎだよ」

まあ、裸は見たんだけど。

「両親だって家に居るんだから、そうそうおかしなことは起こらないよ」

まあ、黒衣絡みでおかしなことが起こっても、両親は認識できないんだけど。

「うん、それもそうだね」

納得する。ほっと十夜は一息。立夏に誤解を与えたままというのは、十夜にとっては心苦しい…………まあ、全てが誤解というわけではないのだけど、少なくとも十夜に黒衣をどうこうするような意思はない。確かに理性の危ぶみそうな事はあったけれども、あれの正体を知っている身として、一線を越える事だけはないだろう。

「ねえ、今度十夜君の家に行っていいかな」

「え」

不意の提案に十夜は動揺する。

「なんで？」

思わず聞いてしまった。

「だって、最近十夜君の家に行ってなかったし…………それにお隣さんになったわけだから大神さんとも仲良くしておきたいじゃない」

「そ、そう」

実に普通な理由だけに断りづらい。

「ええと、じゃあ今度黒衣の都合がいい日を聞いとくよ」

「うん、お願いね」

「まあ、すぐには無理だと思うけど」

少なくとも黒衣の部屋を見せかけでも作る時間がいるし。

「別にすぐじゃなくてもいいよ……そりゃあ、早い方がいいけど」

「ああ、黒衣にそう伝えとくよ」

答える……と、立夏がじっと十夜を見ていた。

「…………十夜君は、さ」

「ん？」

「大神さんの事、名前で呼ぶんだね」

「あ、うん……そうかな」

最初に黒衣としか名乗られなかったからそれがそのまま定着したのだ。大神という名字は多分後から適当に付けたんだろうし。

「まあ、ほら、一応子供の頃から会ってるから、名前で呼ぶのが落ち着いちゃってるんだよ」

そういう事にしておこう。実際立夏とだって、幼馴染でずっと名前で呼んでいたからそれが定着してるわけだし。

「そう、だよね」

小さく立夏が頷く。

「仕方ないよね……少し寂《さみ》しいけど」

その後に続いた小さな呟きを、十夜は聞かなかった事にした。

「じゃあ、また」

ちょうど家に着いたので、十夜はそこで会話を切った。

「うん、またね」

答えて立夏が自分の家へと歩いていく………それを見送って、十夜は何かを振り払うように頭を振った。自分に出来ることなど何一つない。

何一つない……はずなのだ。

◇

「そういや黒衣ってもしかして風呂入ってなくないか？」

その日の夕食後の風呂上がり、ふとそんな事に気付いた。黒衣が家に住み着いてから何日か経つが、彼女が風呂に入った所を見た記憶がない。十夜が風呂から戻ってきてもいつも黒衣はそのまま部屋に居るだけだ。空いた風呂に入りに行った事はなかった。

「……そんなこと、ないぞ」

珍しく、歯切《はぎ》れの悪い声で黒衣は声を返した。

「……正直に答えろ」

「……」

黒衣は無言で返事を返した。

「命令だ。正直に答えろ」

仕方なく十夜はその言葉を口にする。

「…………入っておらん」

十夜から視線をそらして黒衣は答えた。

「入ってないって……封印から出てからずっと?」

「…………ずっとじゃ」

軽く十夜は額を押さえた。頭に浮かんでくるのは汚い、だ。

「入れ」

「嫌じゃ!」

珍しく声高《こわだか》に叫んで黒衣は首を振った。

「わしは類《たぐい》まれなる力を持った妖じゃぞ! 風呂などに入らずとも汚れなどせぬ!」

確かにずっと風呂に入ってないくせに匂いはしない…………しかし入ることが習慣となっている現代人としては許容《きょよう》できない。

「いいから入れ」

「何故じゃ!?」

「生理的に嫌なんだよ」

「理不尽な!」

かたくなに拒むが、十夜だって黒衣と同居している身なのだから、毎日風呂に入っているから清潔だという目に見える証拠が欲しい。超常現象的な力で清潔だと言われた所で納得出来るものじゃない。

「黒衣、命令だ。風呂に入れ」

馬鹿馬鹿しい命令だと十夜は思うが、普通に言っても聞かないのでは仕方ない。

「う、む……命令ならば仕方あるまい」

心底不満そうだが、黒衣は頷いた。

「………では、行って来る」

渋々《しぶしぶ》と、立ちあがって黒衣はドアに向かう。

「風呂に入る前にちゃんと身体洗って、頭はシャンプーとリンス使うんだぞ」

その背中に十夜は声をかける。

「…………」

黒衣はドアの前でぴたりと止まり、

「鬼《おに》め！」

と、叫んで出て行った。

◇

「狼《おおかみ》って水浴びとかしないもんだっけ」

黒衣が出て行って五分。十夜はそんな事を考えながら時間を潰《つぶ》していた。そういえば昔家で飼っていた犬もあまり体を洗われる事を好んではいなかった。特に顔を水でぬらす事を厭《いや》がっていた気がするから黒衣もそうなのかもしれない。

「………悪いことしたかな」

そう思わないでもない。十夜が生理的に風呂に入らないのが嫌なのと、黒衣が入りたくないのは同じ理由だろうから。

『主！』

不意に頭に声が響く。

『緊急事態じゃ！』

切迫した声。何事かと十夜は立ちあがった。

「どうしたんだよ?」

『とにかく風呂場へ来るのじゃ！』

焦ったようなその声に、走って十夜は部屋を出る。急いで階段を下りて廊下を走り、洗面所を通り過ぎて浴室の扉へと手をかける。

「大丈夫か！」

そしてそこに飛び込んできたのは
「主！　目が、目が染《し》みるのじゃ！」

頭を泡だらけにして叫ぶ黒衣……と、裸体。慌てて目を背けるが以前見たものと合わさって脳内に鮮明《せんめい》な画像が浮かんでくる。しかもそれが水に濡れて泡が付いてより……ぶんぶんと頭を振って振り払う。

「………って、目？」

落ち着いて黒衣の言葉を反芻《はんすう》する。

「もしかして、シャンプーが目に染みるのが緊急事態なのか？」

「そうじゃっ！」

叫ぶその眼は固く閉じられていた。

「なんじゃこのシャンプーとかいう代物は！　恐ろしく目に染みるではないかっ！」

「いやそりゃシャンプーなんだから染みるだろ……」

と、そこまで言ってから気付く。黒衣は封印されていたから知識としてシャンプーを知っていても実際に使うのはこれが初めてだ。用途を知っていても使うと染みるという事を知らなくても不思議じゃない………とはいえ。

「我慢しろよ」

巨狼《きょろう》の妖なんだし。

「できぬっ！」

「いや、だから……」

「できぬものは出来ぬのじゃ！　主が責任を取れ！」

「責任？」

「この不快なシャンプーを主が洗い流すのじゃ！　わしに風呂に入るように命令したのは主なのじゃから当然じゃろう！」

それは……そうなのだけど。

「出来るか！」

想像するに顔が熱くなる。

「何故じゃ！」

「無理なものは無理なんだよ！」

「わしだって無理じゃ！」

叫び合う。お互い一歩も引く様子はない……が。

「………主の命令じゃったのに」

叫ばず、あえてぼそりと呟く。

「………主の命令で風呂に入らされて、あまつさえシャンプーなど使わされたというに」

ぼそり、大きくはないが聞こえるレベルで。

「う………」

叫ばれれば勢いで返す事も出来るが、ぼそりと呟かれるだけだと胸に突き刺さるのみ。言い分自体は間違っていないから、冷静にされると返す言葉がない。

「主のせいなのに……責任を、取ってはくれぬのか？」

不意にしおらしい声。一瞬黒衣が人喰いの妖である事を忘れそうになった。

「うう……わかったよ」

頷くしかない。

「……でも、頼むから体にタオルは巻いてくれ。目のやり場に困るから」

視線をそらしたままで懇願《こんがん》する。それに黒衣は一瞬迷うような表情を見せる。多分いつものようにからかうかどうか迷ったのだろう……しかしここは素直に受けて速やかにシャンプーを流す方をとったのか素直に頷いた。

「承知《しょうち》した」

そういう事になった。

◇

「んー、湯だった体に夜風が涼しいのぅ」

ごろん、とベッドの上にだらしなく転がる。風呂場から戻ってきた黒衣は思いのほか機嫌が良さそうだった。

シャンプーを洗い流した後、十夜は黒衣にきちんと風呂につかってから出て来るように命令した。カラスの行水並みに早く出て来ると思っていたのが、三十分近く入っていたのだからよっぽど気にいったようだ。

「風呂につかるという行為があれほどよいものじゃとは思っておらんかったの。今まで実に損をしておった」

と、いう事らしい。

「こうなると温泉とやらにも行ってみたくなるのぅ。昔に誘われた事はあるが、その時はこれほど良いものとは知らんかったからのぅ……主よ、行かぬか?」

「………そのうちな」

答えながら十夜は心を鎮《しず》める。部屋の中は風呂上がりの黒衣から漂《ただよ》うシャンプーの香りでいっぱいだ。自分で使っても気にならないのに、人からする香りはどうしてこう良いものに感じてしまうのか。

それに、

「黒衣」

「うむ?」

「いい加減に服を着ろ」

黒衣はタオル一丁でぐでん、とだらしない恰好をしていた。お陰《かげ》でものすごく目のやり場に困る。一応着替えのパジャマは用意しておいたのに。

「嫌じゃ。上気した体に服など着たら蒸れるではないか……それにどうせ寝るときには脱ぐのじゃから着るのも面倒じゃしの。主に気を使ってタオルを着けておるのじゃからそれでよいではないか」

よくない。

「…………はあ」

ため息。

とりあえず、今後黒衣に風呂を要求するのは止めよう。

「んー、夜風が気持ちいいのぅ」

ぐでん、と伸びる。

…………まあ、勝手に入りそうなんだけど。

◇

それから一週間ほど経ち、黒衣は驚くほどすんなりとクラスへ溶け込んでいた。その容姿と被った猫が妖《あや》しいほどに人を引き付けるものだったせいか、あっという間にクラスの中心になってしまった。

そしてそのせいで、その婚約者という設定の十夜にも微妙な視線が集まるようになってしまっていた…………まあもっとも、直接十夜に声をかけて来るものはいなかったけれど。

しかし一週間。いい加減、その理由が消えてしまった事に、誰もが気付く頃だ。


「神咲十夜君、だね」

放課後、学校を出た所で不意に声を掛けられた。立夏はいつも通り学校を出る時には一緒ではなく、傍に居るのは黒衣だけだ。

「はい、そうですけど」

答えながら声の方へと視線をやる。そこには男が二人立っていた。半ば中年の男と、若年の男の二人。声を掛けてきたのは中年の男の方だろうか。二人ともスーツを着ているのだがサラリーマンという様子ではない…………どことなく威圧感《いあつかん》を覚える。

「私達はこういうものなんだが」

そう言って中年の男がとりだしたのは警察手帳。それを見ても動揺はしなかった……ようやく来たかと思っただけだ。

「少し君に話を聞かせてもらいたくてね、時間はいいかな?」

「ええ、かまいませんけど」

答えながら十夜は黒衣に視線をやる。黒衣は何するでもなくただこちらの様子を窺《うかが》っていた。とりあえず話に割り込む気はないらしい。

「それで、僕に聞きたい事ってなんですか？」

白々しく思いながらも十夜は尋ねる。質問の内容など分かりきっているのだけれど。

「実は君のクラスの遠坂裕也《ゆうや》君の事なんだけど」

ほら、やっぱり。

「彼が最近学校に出ていないのは知っているね？」

「はい」

頷く。

「その彼なんだが実は家にも戻っていないらしくてね、それで警察に捜索《そうさく》願が出されたというわけなんだが……居なくなったのは彼だけじゃないんだ。彼とその友達の佐藤《さとう》君と林《はやし》君、三人とも居なくなってしまったようなんだよ」

その事はすでに学校でも噂《うわさ》になっていた。いくら日頃から不登校が目立っていたと言ってもさすがに長すぎる、それも三人まとめてなら尚更だ。そのおかげで十夜に対して不穏な噂も流れていた……まあ、まるっきり事実無根ではないのだけれど。

「それで君が何か知らないか、と思ってね。何か心当たりはあるかな？」

その刑事の尋ね方に十夜は少しイラっとした。わざわざ名指しで聞きに来ている辺り十夜の事情は全て分かっているはずだ。その上でこんな聞き方をしてくるのだから腹が立たない筈もない……怒らせて本音を引き出そうとしているのだろうけど、やり方が露骨《ろこつ》すぎる。

「何も知りません」

苛立《いらだ》ちを抑えて十夜は答えた。

「彼らが居なくなったのは六月の二十五日らしいんだが、その日に会ったりはしなかった？」

「遠坂君には教室でなら会いましたよ」

「授業が終わった後は？」

「………」

それにどう答えるべきか一瞬迷う。会っていないと答えるべきか、それとも正直に会ったと答えるべきか。後者は自分から疑われる理由を作るようなものだけど、前者も危険だ。もしすでに会っているという情報を刑事が摑んだ後ならば、何故嘘をついたのかと問い詰められる事になる。

「会ってません」

結局十夜は否定した。

「ふむ、そうかい」

首を傾げるような仕草《しぐさ》を刑事はした。

「しかしおかしいね……実はその日に君と彼らが一緒に歩いている所を見た、という証言があるんだが」

外した、内心で十夜は動揺する……しかしそれを表には出さない。黒衣との遭遇で、十夜の心はずいぶんと鍛えられていた。

「人違いじゃないんですか？」

「そうかもしれないね……一応写真を見せて確認したんだけどね」

すでにそこまでしていたのか……つまり外堀を埋めてから十夜の元にやってきたというわけだ。話を聞きに来たのではなく、三人の失踪に十夜が関わっているかの確認をしに来たというわけらしい。

「僕を疑っているんですか？」

さすがに察しの悪い振りもできない。

「いやいや、そんなことはないよ。ただ話を聞きたいだけだよ」

大袈裟に刑事が首を振る……どうするか、と十夜は考える。別にこのまま白《しら》を切り続けても追いつめられる事はないだろう。嘘をついた事に関しては、疑われるのが嫌だったから吐いたとでも答えておけばいい。確かにあの三人とは一緒だったけど、別れた後の事は何も知らないと話せばいいのだ……………いくらなんでも物証もなく動く事は出来ないだろう。あの三人は黒衣が喰ってしまったのだし、失踪を殺人と結び付けるような証拠はどこにもない。

ただ、同時に十夜は考えるのだ。起こった事の全てを、正直に話してしまってもいいのではないか、と…………もちろん簡単に信じてもらえるような話でない事は分かっている。しかし実際に黒衣という化物がいる以上は、証明も可能だろう……そして十夜にはどうにもできない化物でも、警察ならばどうにか出来るかもしれないとも十夜は思うのだ。

どちらが正しいのか、いまいち十夜には判断しかねた。恐らく、人として正しいのは圧倒的に後者なのだろうけど…………自分に降りかかる追及と、黒衣が警察の手にも負えなかった場合のリスクがあまりにも大きい。

「あの……」

その先に続く言葉はなんだったのか。

パンッ

続かなかったのだから、誰にもわかりはしない。遮るように鳴《な》った柏手《かしわで》。その音一つで二人の刑事達から表情が消えた。

「全く、主は世話が焼けるの」

このタイミングで割り込んだのは偶然か……それとも故意か。

「わしが傍におるんじゃから、面倒な問答などせずとも良いのに」

くくく、と嗤う。その全て分かっているとでもいうような表情に、十夜は返す言葉も浮かんではこなかった。

「では、往来じゃし手短に済ませるとしよう」

黒衣は二人の刑事へと視線を向ける。

「神咲十夜は三人の失踪とは関わりない」

「関わり……ない」

両親と同じように、虚《うつ》ろな表情のまま刑事達が言葉を返す。

「神咲十夜を疑う事はない」

「疑わ……ない」

「故に汝らはこの後すぐに帰る」

「すぐに……帰る」

パンッ

黒衣が手を叩《たた》く。すっと刑事達の瞳に生気《せいき》が戻った。

「…………ええと、話を聞かせてもらってありがとう。そろそろ私達は署の方に戻るよ。捜査のご協力に感謝する」

唐突にそう告げて、刑事達は去っていく。黒衣の術の力は目の前で見て知ってはいたが、相変わらず信じられないような効果だ。

「とりあえずはこれでよし、と……主」

去っていく刑事を見送ってから黒衣が十夜に視線を向ける。

「なんだよ」

「しばし自由に動く許可をもらいたいのじゃが」

「…………どうして？」

「この件の始末をつけて来る」

「…………始末？」

「そうじゃ」

黒衣が頷く。

「とりあえずあの刑事どもは大丈夫じゃろうが、それだけで今回の事が全て収まったわけではあるまい？　じゃからこれからわしが方々を回って全てを何事もないように収めて来る…………もちろん人を喰うような真似はせん、約束する」

「…………」

もはや選ぶ道の一つは閉ざされてしまっていて、十夜の答えは一つしかなかった。

「わかった」

承諾する。黒衣がにぃっと笑みを浮かべた。

「では、行って来るかの……夕飯までには戻るとするよ」

そう言うと恐ろしい速さで黒衣はどこかへと走り去った。

それを十夜は、黙って見送るしかなかった。

◇

「戻ったぞ、主」

黒衣が戻って来たのは日が暮れて七時も過ぎた頃だった。

「…………戻るなら玄関から戻れよ」

黒衣はドアからではなく窓から戻って来た。いくら両親には術を掛けてあるとはいえ、常識というものを鑑《かんが》みて欲しい。

「面倒じゃ」

あっさりと黒衣は答える。

「なら、命令だ。玄関から出入りしろ」

「…………うむ、承知した」

答えるその声はいささか不満そうに聞こえた。人を見透かしているような行動ばかりとる黒衣だが、何もかも予想しているわけではないらしい。

「しかし、緊急時はよかろう？」

「緊急時ならな」

今は緊急ではない。

「主の命令じゃ、承知した………では、報告じゃ」

やはり不満そうに見える表情を浮かべたまま、黒衣が言う。

「事は全て丸く収めた。警察が今後主の事を疑う事はないじゃろうし、あの三人の失踪について捜査をする事もない………とはいえ、さすがに範囲が広すぎてすでに立った噂までは消せぬがの。まあ、あの三人の評判も元々良くなかったようじゃし、すぐに忘れられるじゃろう」

「………」

その報告に答えず十夜は黙った。きっと黒衣の言う通りになるだろう。あの三人は校内でもうとまれていた存在だ。居なくなったことでほっとする人間は居ても、その事を悲しむ者はいないだろう。だから一月もすればそんな事なんて忘れてしまうに違いない。

そしてそれよりは少し長くかかるだろうけど、十夜への噂も消えるだろう。

「どうしたのじゃ?」

黒衣が十夜を見る。ふと、猿《さる》の手《て》の話を思い出した。願いを、しかしそれを残酷な方法で叶える手。十夜だって平穏な生活を願っていなかったわけじゃないが、こんな形で叶う事を望んでいたわけじゃない。しかもそれはあまりにも唐突で、十夜自身の意思がほとんど介在していない………言うなれば、猿の手が勝手に願いを叶えたようなものだ。そして猿の手の結末には、決まって破滅が待っているものだろう。

「…………なんでもない」

「ふむ、そうか…………ああ、それはそうと主よ」

不意に思い出したかのように黒衣が言う。

「契約の代償……そろそろ考えておいた方がよいぞ？」

心臓がどくりと跳《は》ねた。別にその事を忘れていたわけじゃない……ただ、考えようとしなかっただけだ。契約の代償は誰かを黒衣に喰わせること。それを選ぶという事は十夜が誰かを殺すのと変わりない…………そんな現実を直視出来るほど、十夜の精神は達観《たっかん》していない。

「まだ……時間はある、だろ？」

「ふむ、確かにの」

黒衣は頷く。確かに後三週間は余裕がある。

「しかしこれは主の為の忠告なのじゃがの」

「それってどういう……？」

「切羽《せっぱ》詰まって適当に決めて後悔せぬように、という忠告じゃ」

続く言葉が十夜の心を抉《えぐ》る。

「何せ、選ぶのは人の命じゃからの」

くくくと黒衣が嗤う。

「今の内に、じっくり決めておいた方がよいぞ？」

そう言うと黒衣は夕食を食ってくる、と部屋を出て行った。人喰いのくせに、きちんと普通の食事も取るのだ。

「………選、ぶ」

一人になった部屋で、呻くように十夜は呟く。考えなければいけないのに、考えを放棄していたものを突きつけられた………しかし黒衣の忠告は正しい。黒衣の言う通り、このまま目をそらし続けていればきっと最後に十夜は焦る。それで焦って決断できずに期間が過ぎてしまったとしたら………考えるに恐ろしい。黒衣の性格を考えれば、きっと十夜の最も望まない相手を喰らうのだろう。

「選ば、ないと」

しかし、と十夜は思う。黒衣に喰わせる相手を選ぶ……それはつまり殺す相手を選ぶという事………しかしそれは言うまでもなく十夜には未経験の事で、今までそんな事を考えたことすらなかった。

そんな自分が、果たして人の死を選ぶことなど出来るのだろうか？

◇

「何か悩みでもあるの？」

いつも通り学校へ向かう途中、開口《かいこう》一番で立夏は十夜へと尋ねた。

「何もないよ」

「嘘」

それは予想していたものだったので迷わず否定するが、即座に断じられる。黒衣に忠告されてからの一週間、十夜はほとんど寝ていない…………日に日に疲労していく姿を見ているのだから納得するはずもないだろう。

「嘘じゃないよ」

しかし十夜としてはそう言うしかない…………誰を黒衣に喰わせればいいのか、それが決められなくて眠れないなどと立夏に言えるはずもない。

「嘘つき」

まあ、立夏に嘘が通じるはずもないのだけど。

「ねえ、大神さん。何か知らない？」

埒《らち》が明かぬと思ったのか、立夏が矛先を変える…………当の原因へと。

「ごめんなさい、私にもわからないの」

しゃあしゃあと猫を被って黒衣が答える。内心でおかしそうに嗤っているであろうことが十夜には容易く想像できた……十夜が思い悩んでいる間も、ずっと楽しそうに十夜を見て嗤っていたのだから。

結局、ただひたすらにこの一週間は苦悶《くもん》するだけだった。黒衣に喰わせる人間を選ぶという事は、その人間を殺すという事に等しい。だから十夜はこの一週間の間、誰を殺せばいいのかをずっと考えていた。

殺したい相手がいればきっと良かったのだろう………だけどその可能性のあった三人はもうすでに黒衣の腹の中だ。だから十夜は選ぶしかない。

身内、見知った顔はまず論外………だとすれば、知らない相手。それも死んだ所で誰も気にしない相手……つまりは犯罪者が殺す相手としては恐らくベストなのだろう。だから十夜はインターネットで検索して犯罪者達の情報をひたすらに読みあさっていた。黒衣曰く海外でも問題はないが時間が掛かる、との事だったので対象は国内に絞った………出来る限り黒衣から目を離したくはないからだ。

それはひたすらに気の重くなる作業だった。犯罪者を調べるという事は、その犯した罪を知るという事だ。それも十夜は出来る限り罪の重いものから調べていたから、その内容たるや目を背けたくなるようなものばかりだった。

………それでも、結局十夜は選べなかった。彼らは確かに忌避《きひ》すべき犯罪者たちではあるが、その全員を殺してしまいたいわけじゃない。さすがに十夜もそこまで達観した精神を持ってはいない……黒衣との契約の代償に必要な一人だけでいいのだ。

けれど、その一人を選ぶことすら十夜にはできなかった。いくら犯罪者とはいえ自分などが死んでいい人間を選ぶなんて事があっていいのだろうか……それでずっと思い悩んでいた。

「十夜君大丈夫？」

ふと気が付くと心配そうな顔で立夏が覗きこんでいた。

「ああ、大丈夫だって」

無理に笑みを作ってごまかす……と、前方に学校が見えている事に気づく。

「もうこんな近くまで来てたのか……立夏、僕はここで少し時間潰すから」

「うん」

立夏は頷いて……立ち止まった。

「……ええと、立夏？」

「うん」

「何で先に行かないの？」

先に行かせるつもりで言った事くらいわかってるだろうに。

「だって、十夜君が心配なんだもん」

「……その気持ちだけ受け取っとくから先に行けよ」

しかしそれでも立夏は動かない。

「立夏、約束しただろう?」

「………でも、その約束の理由ってもうないんだよね?」

躊躇うようなそぶりを見せて、それでも立夏は言った。

「遠坂君達は、居なくなっちゃったんだし……」

その言葉はざくりと心臓に刺さった気がした。

「行けよ」

「え?」

立夏が戸惑って十夜を見る……それに十夜は顔をそむけた。今、どんな顔をしているのか、立夏には見られたくなかった。

「いいから、早く行け」

「………うん」

気圧《けお》されたように頷いて、何度も振り返りながら立夏は先に行った。

「ひどいのぅ、主は」

くくくと黒衣が嗤う。

「あの娘には何の非《ひ》もなかろうに」

その通りだ………だけど、お前にだけは言われたくない。

「お前も早く行けよ」

苛立たしげに十夜は言った……それに黒衣はにぃっと嗤う。

「主の命令とあれば」

答えてさっと学校へと向かう。

「………くそっ」

その後ろ姿に、十夜は小さく吐き捨てた。

◇

……………夜中にはっと目が覚めた。当たり前の事だけど部屋の明かりは消えている。中途に覚めたというのに嫌《いや》に意識ははっきりしていて、体を起こして周囲を見回す。そしてすぐにそこに居るはずの者がいない事に気付く…………黒衣がいない。彼女からベッドを取り戻し、その代わりに彼女の拵《こしら》えた寝床。何枚もの毛布が重ねられたその場所は、ぽっかりと主不在の空間を晒《さら》していた。

「………黒、衣？」

呼びかける。しかし答える者は不在だ。

「ふむ、呼んだかの？」

だがその半ば予想していた答えに反し、声が返った。がらりと開いたその窓から、しなやかに部屋へと入り込んでくる……それと同時にむっとする臭いが部屋に広がった。何度も嗅《か》いだ事のある臭い……それなのに、その正体へと思考が回らない。まるでその正体を知る事を、頭が避けている様に。

「どこに、行ってたんだ……？」

絞り出すように声を出す。

「何、ちょっと近場にの」

暗闇《くらやみ》の中で、その金色の眼だけが印象的に光る。

「勝手に、出かけたのか……？」

許可を取らねば離れられないはずなのに。

「そうなるの」

やはりあっさりと黒衣は答える。

「何せこれは契約に含まれている事じゃからな」

にぃっと黒衣が嗤った。

「のう、主……今日は何日じゃ？」

そう言って黒衣は時計に目をやる。釣られて目をやると時刻は深夜の三時………つまり眠る前とは日付が変わっているという事。

「のう……今日は何日じゃ？」

その言葉の意味する事がはっきりとわかって、背筋が凍《こお》りついた。

「し、七月……一、日……」

掠《かす》れたような声しか出なかった……それに黒衣がくくと嗤う。

「ならば、わしがどこに行っておったかなどわかる事じゃろう？」

見計らったように、月明かりが黒衣を照らした。そこに浮かび上がったのは全身を真っ赤に染めた黒衣の姿で……それで臭いの正体に頭が回って、くらりと頭が揺れた。

「それ、は……誰、の……？」

尋ねる言葉に、にぃっと黒衣は笑みを浮かべる。

「言ったじゃろう？」

ゆっくりと黒衣は答える。

「近場に行って来た、とな」

それに思い当る場所など一つしかなく、
声にならない悲鳴を、十夜はあげた。

「⁉」

　はっとして気が付くとそこは教室だった。どうやら今は授業中らしい。その事を確認して十夜はほっと息を漏《も》らす。

「夢、か……」

　どうやらそういう事らしい。恐ろしく鮮明だったのは、それだけあの結果を自分が恐れているからだろうか。恐ろしい結果を夢で見るというのは、もはやテンプレと言っていいほどによくある流れだが、それが自分に降りかかるとこれほどに背筋が凍るものだとは思わなかった。

　まあ、夢の中とはいえ声ある悲鳴をあげなかった事は幸いだった。普通に悲鳴をあげていたら間違いなく現実でも声が出て、教室中の注目を集めていた事だろう。

「…………はあ」

　ため息。授業中に眠ってしまったのはここ最近の寝不足が原因だろう……そしてその寝不足の原因はまた一つ増えた。眠ればあの夢をまた見る可能性があると思うと、とてもじゃないが眠れたものじゃない。

◇

『顔色が悪い……大丈夫か、主？』

　不意に頭に声が響いた…………そう言えば黒衣は念話《テレパシー》が使えたのだと思いだす。しかしこのタイミングで声をかけて来るという事は、黒衣は十夜が眠ってしまっていた事に気付いていたという事。

「………悪趣味な奴」

小さく呟く。

『ひどいな主。我は心配しているのに』

言葉だけならばそうなのだろうが、横目で見れば黒衣の顔は嗤っている。大方十夜が悪夢を見ていた事も分かっているのだろう。

『そうおかしな顔を見せるな……あの娘に気付かれるぞ？』

その言葉にはっとして立夏の方を見やる。すると立夏は心配そうな顔をしながらちらちらと気付かれないようにこちらを窺っていた。きっと今が授業中じゃなかったら駆け寄ってきていたのではないだろうか………つまり立夏も十夜がうなされているのを見ていたらしい。

『くくく、主は女に心配をかけ過ぎじゃの』

それには自分も入っているのかと、十夜は毒づきたくなる……愉《たの》しんでるだけのくせに。

『まあ、何にせよ早く選ぶことじゃ』

諭《さと》すように黒衣は言う。

『そうすれば、悩む事も、悪夢を見る事もあるまい』

それはそうかもしれない…………けれどきっと別の悪夢を見る事になる。

「………わかってるよ」

それでも、選ぶしかないのだ。

◇

心配する立夏をごまかし続け、それを見て嗤う黒衣から目を背け、学校が終わり家に帰る頃には十夜の疲労はさらに増していた。倒れて眠ってしまいたいのに、悪夢を見るのが怖くてそれも出来ない。そんな状態で黒衣と居ると余計に消耗するだけなので部屋に入るなと追い出した………だからと言って眠気が飛ぶわけじゃないが。

仕方なく、テレビをつけて眠気をごまかす。チャンネルはちょうどニュースになっていたようだ。特に見たいものもないのでそのまま十夜はそれをぼうっと眺めた。内容なんてほとんど頭に入ってこない、ただ聞き流すだけだ。

「……三原清和《みはらきよかず》被告に、死刑判決が下りました。三原被告は昨年三月に神葉《かみは》市で通学児童ら五人を殺傷したとして起訴されており……」

ただ、その一文だけは耳に入って十夜はテレビを注視した。ちょうどうらぶれた顔の中年の男が被告というテロップと共に映し出されていた所だった。ニュースはその後も男の犯行がいかに残虐《ざんぎゃく》だったか、家族達の悲痛の声などを淡々と知らしめていた。

「……もう、これでいいや」

死ぬ事が決められているのなら、構わないだろうと。

「黒衣」

「呼んだかの？」

すぐさま黒衣はやってきて、

「こいつ、に決めたよ」

「ふむ、そうか。承知した」

頷く。


それを確認して、十夜は意識を飛ばした。

◇

気が付くと部屋は真《ま》っ暗《くら》だった。眠っている間に日が暮れてしまったのか、時計を確認すると日付が変わっていた。ここ最近疲れが溜まっていたからそのせいだろう。腹も減っていないしこのままもう一度眠っても…………と、気付く。

「…………黒衣？」

いない。黒衣がいない。その寝床にはぽっかりと空間が空いている。寝起きの頭でその意味をじっと考えて…………一気に目が覚めた。昼間に学校で見た夢と今の状況が被る。慌てて起き上がって窓を開けた。見るのは隣家…………とりあえず騒ぎのようなものは起こってない。

「じゃあ、どこに……」

呟いて、気付く。

そう言えば自分は、選んだのではなかったか？

その事を十夜が思いだすと同時に、

ガチャ

「今戻ったぞ」

部屋の戸を開けて黒衣が入って来る…………その手に何かをぶら下げて。窓からではなく、ごくごく普通に扉から戻ってきたので、暗闇も相まってスイカでも持っているのかと最初十夜は思った…………そんなわけないのに。

「…………ぁ!?」

そしてそれに気付かぬままでいられるほど愚《おろ》かでもなく、すぐにその事実に思い当って、喉《のど》から声がでなくなった。

「主の選んだ人間、確かに喰うて来たぞ」

予想に違《たが》わぬ言葉を黒衣が吐き。

「しかし喰うたと言うても主は直接見ているわけではないしの……本当に喰ったのかと問われても面倒なので証拠を持ってきた」

そんなもの、いらないのに。

「ほれ」

それを差し出す。

今が深夜で良かったと、本気で十夜は思った。例《たと》え見る事を意識が拒否していても、明かりが点いていたら嫌でもはっきりと視認《しにん》していただろう。

………しかし黒衣はそれを許さず。

「ふむ、この暗さではまだ見えぬか」

見えなくてよいのだと、声も出せず。

カチッ

明かりのスイッチを黒衣は押した。

「ひっ……！」

明かりに照らされたのは予想通りのもの。しかし正解して嬉しい事など一つもなく、むしろ外れていてくれと懇願する類のもの。

「主の選んだ人間に間違いなかろう？」

それは恐らく三原清和に間違いないのだろう。恐怖に目を剝《む》き、顔全体が引きつったように歪んでいるが、それでもテレビで見た面影はあった。だからそれは間違いなく十夜が黒衣への代償として選んだ人間で……その事を、十夜は全力で後悔した。

「ああ……間違い、ない」

頷くしかない。

「うむ、ではもうこれはいらぬな」

そう言うと黒衣は大きく口を開いた。大きくと言っても、無論それは生首《なまくび》を飲みこめるような大きさではない。

しかしその顔が一瞬揺らめいたかと思うと、

グシャリ

と、いう気持ちの悪い音と共に生首は消え去った。見せつけるように黒衣は口をもぐもぐとさせる………何が起こったかは考えるまでもない。

「代償は確かに頂いた。来月も同じように頼むぞ」

そう言うと黒衣は寝床に戻って丸まった………本当に眠ってしまったようで、そのままピクリとも動かない。

だけど、今の十夜にはそんな事どうもよかった。

ただ、ひたすらに十夜は後悔していたから。

「………ぅ」

………選ぶべきだった。

選ぶべきだったのに。

この事に関して、黒衣の忠告はまさに正しかったのに。

「………ぅう」

十夜は選ばなかった。悩み悩んで選びかね、偶然目に入ったニュースを見て、安易にその対象を決めた。

だから十夜は彼に対して何の感情もない。

憎しみも、
嫌悪も、

怒りも、
何一つ持っていない。

何一つ持っていないのに…………彼は死んだ。

「うう」

体が震える。彼を見たのは僅かな時間だけだ…………しかしその表情が頭にはっきりと張り付いて消えない。恐怖にひきつったあの顔。恐らくは死の瞬間まで彼の恐怖は消える事はなかったのだろう…………全て十夜のせいで。

憎しみがあればよかった。

嫌悪があればよかった。

怒りがあればよかった。

そうすれば、きっと十夜は後悔しなかった。ざまあみろと、当然の報《むく》いだと、笑ってやることすらできたかもしれない。

けれど十夜には何もない、安易に、寝《ね》ぼけ眼《まなこ》で決めてしまったのだから。疲れていたのだと言い訳はできない…………死者は聞く耳を持たない故に。ただ、安易に……蟻《あり》を踏みつぶすように人を殺してしまったのだと、その事実があるだけだ。

もちろん死刑囚だったのは知っている……けれど、それはあくまで知っているだけで、付属するただの一文でしかない。それを憎む理由にするには、あまりにも十夜は彼を知らなさすぎた。

十夜は猟奇的《りょうきてき》な殺人者でもなく、悪人に死をもたらす正義の味方でもなく、ただの一般人であるが故に、その事実が重くのしかかる。十夜を暴行していた遠坂達の時ならば、自分の命を守る為だったのだと言い訳も出来る。まさか殺すとは思わなかったのだと……そう言い訳も出来る。

しかし今度は違う。選ばれれば死ぬのだと、十夜は知っていたのだから。

「うあ……」

だから十夜は呻いた。声を殺して呻き続けた。

それしか、できなかった。

◇

高い塀に囲まれた無骨《ぶこつ》な建物。その前に男が一人佇《たたず》んでいた。

「念の為に来てみましたが……まさか当たりだとは」

辟易《へきえき》するように呟く。

「こんな厳重な警備の場所に誰にも気づかれずに入りこみ、人一人を消し去って脱出する……どれだけの力があったら可能なんでしょうかね」

高い高い塀を呆《あき》れたように見る。

「本格的に……危ないかもしれないですね」

呟きながら、懐《ふところ》からメモ帳を取りだして開く。

「残されていた文献……これが確かならチャンスはありそうですが」

三章　彼と幼馴染の事情×人喰い

「うん、遊びに行こ」

いきなりだった。放課後の帰り道、いつものように十夜《とおや》と立夏《りっか》、それに黒衣《くろえ》の三人で帰っているといると不意に立夏が宣言した。何がうん、なのか十夜にはわからなかったが、立夏の中では納得していいるらしく迷いのない表情をしていた。

「そうだねぇ……久しぶりに遊園地でも行こっか」

思案するように首を傾《かたむ》ける。

「行こっかって……」

まだ承諾《しょうだく》もしてないのに。

「行くって決めたの」

断言。それに僅《わず》かにたじろぐも十夜は言葉を返す。

「僕は承諾してない」

「なんで？」

「………そんな気分じゃない」

まだ十夜は先日の事を引きずっている。立夏の前だから平静を取りつくろっているが、一人になると膝《ひざ》を抱えて震える。そう簡単に割り切れるようなことじゃない。

「でも、行くんだよ」

しかし立夏は引かない……引こうとしない。

「あー、もう、行かないって言ってるだろ」

語気《ごき》が強くなる。普段の十夜なら立夏相手に簡単にいらいらしたりはしないが、今は精神的余裕が少ない。

「……行って、くれないの?」

「ああ」

頷《うなず》く。泣き顔になりかけた立夏に若干胸が痛むが、それを振り切る。

「そもそも、僕が行かなきゃいけない理由がない」

「あるよ」

立夏は即座に答えた。

「だって、十夜君私に嘘《うそ》ついたよね」

「え?」

不意にそんな事を言われて十夜はポカンと口を開けた。

「家に呼んでくれるって言ったのに」

「あ」

忘れていた。完全に忘れていた。そう言えばそんな約束をしていた。しかしまあその話をしてから色々あって…………すっかり忘れていた。

「嘘つき」

「う」

「嘘つき」

「うぅ……」

心に刺さる。立夏との約束を破ってしまったというのは、十夜にとって非常に重い罪悪感を心へ植え付ける。

「遊園地、行ってくれるよね？」

「…………はい」

頷くしかない。それに立夏は満足そうに笑みを浮かべて……黒衣の方へと視線を変えた。

「良かったら大神《おおがみ》さんも行かない？」

「え」

思わず十夜は声をあげてしまったが……立夏は気付かなかったようだ。当の黒衣は立夏の言葉に考え込むような仕草《しぐさ》を見せて、頷く。

「はい、行きたいですね」

十夜としては来るな、と言いたかったが立夏の手前それも出来ない。それにその間ずっと黒衣を自由にさせておく事を考えたらやはり連れて行くしかない。

「私実は遊園地に行った事がないんですよ」

「え、そうなんだ！」

驚く立夏。十夜としてはそりゃそうだろうとしか言いようがない。千里眼《せんりがん》とやらで現代の知識だけはあるらしいけど、封印《ふういん》されていたのだから実際に行きようはない。

「それじゃあ尚更《なおさら》行かなくちゃね。今週の日曜日は大丈夫？」

「ええ、大丈夫です」

にっこり頷く。

……………その笑顔が不安で仕方ない。

◇

「確認終了、と」

呟《つぶや》いてパソコンを閉じる。明日は立夏との約束がある。目的地の遊園地は何度か行った事のある場所だけど、結構前の事なので開園時間と施設の確認くらいはしときたかったのだ。昔と違いずいぶんとアトラクションが増えていた。

そんな十夜とは違い、特に準備する事もないのか黒衣はいつも通りのんびりとしている。

「ん、テレビを見るのか？」

おもむろにテレビの前に鎮座《ちんざ》する黒衣を見て十夜が尋ねる。十夜は暇つぶし程度にしかテレビを見ないタイプだが、黒衣は興味津々のようで暇《ひま》があればテレビを見ていた。

「うむ」

視線をそらさずに黒衣が答える。

「あんまり遅くまで見るなよ……明日は立夏と出かけるんだから」

むしろ夜更《よふ》かしして起きてくれるなと思わないでもないけれど。

「わかっておるよ。録画した分を見るだけじゃ」

「……………録画？」

「うむ」

頷く。

「お前、それの録画機能使えたのか……」

「主《あるじ》はわしを馬鹿にしておるのか？」

してるわけじゃないが意外には思う。妖《あやかし》という古臭い存在が最新の電子機器を使いこなしていれば普通は思うのではないだろうが。

「…………それで、何を録画してたんだ？」

「昼ドラという奴じゃ」

「は？」

ポカンとする十夜をよそに黒衣は再生スイッチを押した。独特の音楽が流れてまずは前回のあらすじが始まる。すでに数話放映されていたようで展開はかなりどろどろした所まで進んでいた。奥さんがどうの、愛人がどうの……ヒステリックな女性の金切《かなき》り声が聞こえる。

「昼間は学校じゃから録画せねば見れぬでのぅ」

それはそうかもしれないが。

「…………好きなのか？」

「面白い」

端的に答える。本篇が始まって浮かべたその表情は実ににやにやしていて……正直十夜はぞっとするしかない。なんとなく流れで十夜も一緒に見てみるが、内容は実に殺伐《さつばつ》としていて胸の内が暗くなって来た。

「もう一度聞く……面白いか？」

画面の中では愛人らしき女が包丁片手に不倫相手の奥さんに迫っている。夫は必死で宥《なだ》めていたが聞く耳持たないようだ。

「面白いぞ？」

あ、ざくりと刺した。妻を庇《かば》った夫の腹にずっぷりと包丁の刃が埋まる。

「この昼ドラというものは人間の愛憎がよく書かれておって非常に面白い。ようもまああんな簡単に人を裏切れるものじゃ」

「ああ、そう……」

「今刺した女はこっちの女とは親友関係じゃったのだがな、それでいて相手の夫を寝取った上にそれを追及されたら逆切れしてこのありさまじゃ。まあ、妻の親友とわかっておって関係を持った夫の方が悪いと言えば悪いかもしれぬがの」

「………」

饒舌《じょうぜつ》に語る所を見ると本当に楽しいらしい。画面の中では刺した事で我に返った愛人が恐怖でその場を走り去り、残された妻が血を流しながらすまないと連呼《れんこ》する夫の前で崩れて泣いている……いいから早く救急車を呼んでやれ。

「これ、何話録画してあるんだ？」

「一週間分じゃから五話になるのぅ」

「………ヘッドフォンで聞いてくれ、僕は寝る」

「承知した」

頷く黒衣に背を向けて、十夜は小さく息を吐く。そしてベッドに向かおうとして、

「主」

声をかけられる。

「…………なんだよ」

「安心せよ、わしは裏切らぬ」

にぃっと、いつものように唇を釣り上げた笑みでそう言われた。

「…………そう願ってるよ」

テレビ画面には次回予告が映し出されていた。夫は助かるようだがどうやら愛人は妊娠していたようだ。その事を知った妻が愛人の腹を刺しているシーンでフェードアウト。

本当に、うんざりする。

◇

そして夜が明ける。


「えへへ、おはよう」

約束の時間に家を出ると、すでに立夏は家の前で待っていた。見慣れた制服とは違う可愛らしい私服。大人しめの色合いのワンピース。地味と言えば地味な格好だが、小柄で童顔の立夏にはよく似合っている。

「うん、おはよう」

自然と十夜の顔には笑みが浮かんでいた……しかしそれも僅かの事。

「おはようございます」

後ろから聞こえたその声に表情が曇る。この行楽には余計な奴も付いてくるのだ。

「大神さんおはよう！」

「はい」

にこやかな受け答え。十夜としては認めたくない事なのだが、傍目《はため》から見て立夏と黒衣は仲がいい。精神的にやや幼く見える立夏と、その逆にしっかりとした雰囲気の黒衣はちょうど姉妹のような関係だ……表面上は。実際の所は黒衣が何を考えているかが読めないから十夜としては気が気でない。

「今日は楽しみだね」

「ええ、とっても」

けれど、楽しそうな立夏の表情を崩したくないので十夜も合わせるしかない。相手をしていて嫌《いや》そうな顔でもしてくれれば、十夜だって対応の仕方はあるのに……だからと言って黒衣に立夏に嫌われろ、とも十夜は命令できなかった。黒衣が嫌われる過程で立夏が傷つく事が目に見えていたから。

「大神さんはまず何に乗ってみたい？」

「そうですね……やはりあのジェットコースターという乗り物でしょうか」

「うん、やっぱり基本だよね。今日行く所はジェットコースター系が特に充実してるから大神さんも満足出来るよ」

「そうなんですか、楽しみですね」

「他にもね……」

やはり楽しそうな立夏の表情に複雑な心情を持ちつつ、十夜は携帯に目をやった。そろそろ出発しないと予定の電車には間に合わなさそうだ。

「そろそろ出発しようか」

声をかける。

「うん」

「ええ、そうですね」

にこやかな返答。

これだけ見れば、結構幸せに思えるのに。

◇

遊園地はそれなりに盛況《せいきょう》だった。地方の遊園地とはいえそこそこ大きな規模だし、アトラクションも充実している。ここより小さな規模の物は皆潰《つぶ》れてしまったが、ここはしばらくは安泰のようだ。

「これが遊園地ですか」

入園して周囲を見回し、黒衣が呟く。その視線はとても興味深げだ。千里眼で外の世界を見ていたとは言っていたが、やはり実際に見ると感じるものも違うのだろうか。

「人が大勢いますね」

「日曜日だからね」

答える立夏には見えていないのだろうが、十夜の角度からは小さく歪《ゆが》む黒衣の唇がはっきりと見えた。前言を撤回《てっかい》しよう。黒衣からして見れば人の群れ＝餌《えさ》の群れだ……学校も大人数じゃないがこれほどの人数ではない。目の当たりにして興奮しても不思議じゃない。

「まずは色々歩き回ってみる？」

初めてである黒衣に気を使ってか立夏がそう提案する。

「いえ、せっかくだからまずは何かに乗りましょう。ずいぶんと混んでいるみたいですし、早く並ばないと待たされてしまいますからね」

「うん、そうだね」

答えると立夏は小走りで駆け寄って十夜の手を取った。

「ほら、十夜君行こう?」

「え、ああ」

頷くともう片方の手にも感触が。

「早く行きましょう」

いつの間に回りこんでいたのか、反対側の手を黒衣が握《にぎ》っていた。

「いや、ちょっと……って」

これはさすがに周囲の目が……と、口にするよりも早く二人は歩き出した。立夏に対して無理に振り払うような真似も出来ず、引っ張られるままに十夜は進むしかない。

「えと、立夏……?」

さすがにこれは恥ずかしいなんてものじゃない。両手を繋《つな》がれて歩くとか一体どこの小学生だ……これならいっそ腕を組んでくれたほうが
『それが主の望みなら組むが?』

声が聞こえて十夜は首を振った。それはそれで理性を保つのが難しそうだ。今の体制なら恥ずかしいが……この上なく恥ずかしいが、それだけだ。

「主はうぶじゃの」

ぼそり、と今度は生声で聞こえた。くくく、と笑い声が続く。

ほっとけ、と小さく十夜は呟いた。

◇

楽しい事は時間が過ぎるのがあっという間、というのは本当のようで気が付けば時刻は昼になっていた。立夏が楽しんでいるのは言うまでもなく、十夜自身も昨日まで沈《しず》んでいた心が嘘のようにアトラクションを楽しんでいた………まあ、積極的に忘れたいと思う気持ちが強かったのもあるだろう。

そして残る黒衣は………。

「黒衣は………楽しんでるのか?」

ランチ用のテーブルに腰掛けて十夜は尋ねる。立夏は私が買って来ると言って止める間もなく昼食を買いに行ってしまったので、ここに居るのは二人だけだ。昼時で混み合っているだろうから立夏も戻るのには時間が掛かるだろう。

「もちろん、楽しんでおるよ」

嗤《わら》う。しかしその楽しむというのが、普通の人間の楽しむと同じものなのかが疑問でならない。

「そうでもない」

思考を読んで黒衣が答える。

「例えば、あのジェットコースターというのは中々に面白かった」

「へえ……」

意外だ。

「あのような滑稽《こっけい》な玩具《おもちゃ》に、人間達が無様な悲鳴を上げるのは実に楽しめた」

「そりゃお前の身体能力からすれば滑稽なんだろうけどな……」

辟易《へきえき》として十夜はため息をつく。ジェットコースターはスリルを楽しむためのものだが、それはあくまで人間に対してのものだ。古くから封印されていた化物相手にスリルを感じさせるようには出来ていない。

「他にはまあ……あのお化け屋敷とかいう奴じゃな」

「お化け屋敷？」

訝《いぶか》しむ。それこそ一番黒衣が馬鹿にしそうなものではないか。十夜でさえ黒衣という存在を知っているせいで半ば白《しら》けた気分で中を巡《めぐ》ったのに。

「確かに作りは滑稽であったが…………中々に懐かしくて、の」

「懐かしい？」

そう言えば黒衣は数百年封印されていたと言っていたが、具体的にどの時代だったのかは聞いていない。江戸《えど》時代には見世物小屋のようなものはあったと思うが、さらに前の時代にお化け屋敷のようなものがあっただろうか。

「ああ、違うぞ主?」

十夜の思考を察して黒衣が答える。

「懐かしいのはお化け屋敷の事ではない……その原典のほうじゃ」

原典……オリジナル。お化け屋敷のオリジナルという事は……。

「そう、飾られておる妖どもの方じゃ」

「実在…………したんだ」

「当たり前じゃろう?」

小馬鹿にしたように十夜を黒衣が見る。確かに言われてみれば目の前に黒衣という妖がいるのだ。他に存在しないと考えるのは愚《おろ》かしいとしか言いようがない。

「わしが封印される前の頃にはあのような妖が数多く存在した。人里はもちろん山などの僻地《へきち》にもな。あのお化け屋敷とやらにはわしの知る妖もいくつもおったのでな、少しばかり懐かしく思ったのよ。まあ、知らぬ妖もおったし、さすがに創作だけのものもおるとは思うがの」

今の時代に残る数多くの妖の伝承…………その全てに実在の可能性があるということだろうか。

しかしそうだとしたら、

「今も世界には多くの妖が存在する……？」

疑問系になったのは腑《ふ》に落ちない点があるからだ。黒衣は数多くの妖がいた、と言ったが今の時代で十夜は黒衣以外の妖を見た事がない。それどころか現代の世界では妖の存在は作り話という事になっている………これはどういうことだろうか。

「おらぬよ」

黒衣が答える。

「さすがに世界はどうか知らぬが、少なくともこの日本にわしの他に妖はおらぬ」

断言する。

「……何で？」

十夜は尋ねるしかない。

「皆滅《ほろ》ぼされたからの」

あっさりと黒衣は言う。

「滅ぼされたって……」

「数百年ほど前に時の帝《みかど》が妖の掃討令《そうとうれい》を出しての、それで日本に存在する妖は大から小まで全て滅《めっ》せられた。国中の退魔師《たいまし》総出の……文字通りの根こそぎじゃったからな、この日本に現存する妖などまずおるまい」

滅ぼす理由に何故、は必要ない。妖は人に害なすものだからだ。伝承にあるようにもしかしたら人に好意的な妖もいたかもしれないが………根こそぎと言うからには、きっとそういった妖も滅ぼされたのだろう。

「………じゃあ何で黒衣は滅ぼされなかったんだ?」

「わしが封印されたのも同じ時期じゃよ」

「ああ、そうか」

そう言えば黒衣は封印されていたんだった………でも、滅ぼされるのと封印されるのとでは大きな違いがある気がする。根こそぎ、と言うのならやはり滅ぼされなければならないのではないだろうか。封印では今のように解けてしまう可能性があるのだから。

「まあ、色々あるということじゃ」

十夜の疑念を見透かして黒衣が言う。それに十夜はどうしようか、と考える……話すように命令すれば黒衣はその色々の部分を話すはずだ。

「ごめん、すっごく混んでて時間掛かっちゃった!」

手にいっぱいの昼食を抱えて、不意に立夏が戻って来た………どうやら尋ねている時間は無くなってしまったらしい。

「………いずれ話す事もあろう」

小さく黒衣が呟く。珍しく、その唇は歪んでいなかった。

　昼も過ぎて時刻が夕刻に近づけばさすがに疲れも出て来る。それでも十夜はまだそれほど疲れてはいなかったが、立夏が少し疲れたと言うのでそれに付き合ってベンチで座っている。黒衣はと言えば文字通り化物並の体力なので、もう少し回って来ると一人でどこかへ行ってしまった………絶対に人を襲《おそ》うな、とだけは命令しておいたので多分大丈夫だろう。

◇

「大丈夫か？」

「うん、大丈夫！」

　元気よく答えるが朝ほどの勢いはない。

「ちょっと疲れただけだから少し休めばまた回れるよ」

「………いや、別にそろそろ帰ってもいいんだけど」

「それは駄目」

　はっきりと答える。しかしすぐに表情が曇った。

「十夜君は……帰りたい？」

　心配そうに尋ねてくる。

「いや、別にそんな事もないけど」

提案はしたけれどここに居るのが嫌なわけじゃない。立夏が疲れているようなら帰った方がいいかな、と思っただけだ。

「結構、楽しんでるし」

「本当？」

「うん」

それは嘘じゃない。

「そっか、良かった」

ほっとしたような表情を立夏は浮かべた。

「十夜君が楽しまなかったら意味ないからね」

「………そうか」

え、それはどういう意味……って、尋ねる必要もない。さすがにその意味がわからないほど十夜は鈍感《どんかん》でも馬鹿でもない。まあ、普段そんなに押してこない立夏が半ば無理矢理に十夜を連れ出した時点で大体予想は付いていたのだ………自分よりも他人の事ばかり気を使うのが立夏なのだから。

「ありがとな」

だから十夜は素直に礼を言う。

「えっ………うん」

はにかむように立夏は微笑《ほほえ》んだ……その表情に、思わず十夜は目を奪われた。

「どうしたの？」

不思議そうに立夏が見返して来る。

「ええと、そろそろ行こうか」

その感情をごまかすように十夜は口を開いた。

「えっ、うん！　そうだね！」

答えるが早いか立夏は立ち上がる。

「まずは黒衣さんを探して合流しよう！」

そのまま走りだす……って。

「いきなり走ると危な……」

注意する暇もなかった。

「きゃっ⁉」

前方に不意に現れた人影に、勢いよく立夏はぶつかってしまった。

「ごめんなさいっ！」

謝るが……許してくれる相手だとは限らない。

「いてえじゃねえか！」

遊園地の持つプラスの雰囲気にそぐわない声がその場に響く。その主ももちろんこの場にそぐわない顔つきをしていた。一般人は思わず顔をそらしてしまう強面《こわもて》……おまけに頬《ほお》には切り傷の様な痕《あと》がついていて、首には金のネックレスをしていた………どこからどう見てもそっち系の人だ。

「ご、ごめんなさい……！」

もう一度謝るが、相手の怒気はそれで消えなかった。

「謝りゃいいってもんじゃねえだろ！」

謝ればいいものだと思う………しかし物語などではよくあるシチュエーションと言えばシチュエーションなんだけど、こういう人達って何で都合よくこんな場所にいるんだろうか。それも女連れでも、家族連れでもなく、どこからどう見てもこの場所に似つかわしくない人種なのに………普段接点がない分こういう場所に飢《う》えてるのか？

「じゃ、じゃあどうすればいいんですか？」

「そうだなぁ……嬢ちゃんの誠意を見せてもらおうか」

と、そんな事を考えている場合ではない………早く立夏を助けに行かねばと、さっと十夜は二人へと近づく。

「ええと、すいません」

間に割り込む。

「十夜君！」

「何だてめえは？」

「その子の友達です」

物怖《ものお》じせずに答える。十夜だってあっち系の人はもちろん怖いが、立夏の前では格好だって付けたくなる。

「ぶつかったのはこちらが悪いですけど……彼女も謝ってるんで、許してもらえませんか？」

丁寧に謝罪する。相手の態度は確かに悪いが……原因はこちらなのだ。

「そうだなぁ……」

にやにや笑みを浮かべながら男が呟く……と、軽く風が吹いて十夜の鼻に酒の匂いが運ばれてきた。顔は赤くなっていないが目の前の男は酒に酔っているらしい。

「その嬢ちゃんがしばらく俺の相手をしてくれたら許してやるよ」

下品に笑う。なんというか、テンプレ通りの返答だった。

「それはちょっと、勘弁《かんべん》願えませんか？　少しぶつかっただけですし、こうして謝罪してるんだからそれでいいじゃないですか」

「いいや、よくねえ」

その視線は立夏を捉《とら》えて離さない。

「……………軽くぶつかった程度なんだからそんな目くじら立てなくても」

思わず本音が出る。しかしたちの悪い酔っ払いにはその一言が不味《まず》い。

「んだとぉ、俺が悪いってのか?」

「え、いや、そういうわけじゃ……」

「ふざけんじゃねえっ!」

男が殴りかかって来る………それに十夜は、違和感を覚えた。

「………あれ?」

男の拳《こぶし》が止まって見える。あんなに遅くてはかわして男の背後へと回り込めさえしそうだ………してみようか。

「なっ⁉」

空振った拳に男が驚愕《きょうがく》する。目の前からいきなり十夜が消えたように見えたのだからそれも仕方ない。

ドンッ

無防備な背中を十夜は軽く小突《こづ》いた…………だけのつもりだったのに予想以上の勢いで男は吹っ飛んだ。蛙《かえる》のように地面へと叩きつけられ、そのままピクリとも動かない。

「十夜、君……?」

ポカンとした表情で立夏が十夜を見る…………しかしそれ以上に戸惑《とまど》っているのは十夜自身

だ。自分の体だというのにまるで性能が変わってしまっている。

「えっと……」

考えて、状況を思い出す。男の体は僅かに上下に動いているので命に別状があったりはしなさそうだ。とりあえず十夜は男の体を起こすとベンチに寝かせた…………これで居眠りしてるようにでも見えるだろう。

後は立夏の手を取ってその場を離れるだけだ。さっと立夏の手を取る。

「行こう！」

「え、うん」

握られた感触に立夏が顔を赤める。

そのまま二人は走りだした。

◇

「今日はすっごく楽しかったね」

「ええ、そうですね」

あの後は特に何の問題もなく時間が過ぎた。あのまますぐに黒衣と合流して、色々なアトラクションを乗って回り、夜のパレードを見てから帰宅の途についた。その道中も何事もなく過ぎて、今は自宅の前だ…………しかしすぐには帰らず、帰り道でも話し続けていたはずの思い出話に花を咲かせている。

「…………二人とも元気だな」

十夜はもう正直くたくただ…………まあ体力が、と言うより気疲れが大きいけど。

「だって、すっごく楽しかったし……ね、黒衣さん」

「ええ、楽しいと疲れなんて感じません」

「あはは、やっぱりそうだよね！」

いやいやいや、黒衣は文字通り化物並の体力だから…………って、いつの間にか立夏が黒衣を名前で呼ぶようになってる。十夜としては二人にはあまり仲良くなって欲しくないのに、どんどん立夏が黒衣に心を許してしまってる…………困ったな。

「十夜君も楽しかったよね？」

「ああ、遊園地でも言ったろ？」

終わってみてもやはりその言葉に嘘はない。楽しかったものは楽しかったのだ……例《たと》え自分の安寧《あんねい》の為に見知らぬ誰かを死に追いやっていたとしても。それはそれとして楽しい事を楽しめてしまうのだ、自分は…………。

「すごく楽しかったよ」

もう一度その言葉を口にする。考えなければいけない事はたくさんある……今日のおかげで少し冷静に考えられそうだと思えた。

「よかった」

立夏が微笑む。遊園地で見せたようなほっとしたものではなく……心から喜んでいる、そんな表情だった。十夜がそれに目を奪われないわけがない。

「また、行こうね」

「ああ、うん」

慌てて頷く。そんな日が来ればいいと本当に思う。

「なんだか私はお邪魔みたいですね」

「えっ⁉」

からかうような口調で黒衣が口を挟《はさ》む………立夏の顔が真《ま》っ赤《か》になった。

「ちっ、違うよ！　私と十夜君はそんな関係じゃないからっ！」

否定しながら立夏は十夜をちらちらと見る……まるで何かを期待するように。その視線の意味は十夜にだってわかっている………けれどわかっているからこそ、十夜は知らないふりをする。

「そうだよ、僕と立夏はただの幼馴染《おさななじみ》だ」

その答えに立夏の表情が僅かに沈む……それにも十夜は見ないふりをする。

「あら、そうなんですか。お似合いだと思ったんですけどね」

「だ、だからそういうのじゃないのっ！」

「じゃあ、そういうことにしておきましょう」

「もうっ！」

うふふ、と黒衣が笑って見せる。微笑ましいものを見る表情…………しかしそれが何もかもを見透かして、こちらを嘲笑《あざわら》っているように十夜は見えた。黒衣が何を考えているのかは十夜にはわからない……善意ではないだろうけど、悪意でもないようにも思える。

「そろそろ家に入らないと」

時間を確認する仕草をして十夜は言った。この場を切り上げるための方便ではあるが、実際に時刻も結構遅くなっていた。

「……うん、そうだね」

僅かに躊躇《ためら》うそぶりを見せてから、立夏は頷いた。長い付き合いだから十夜にはその意味がわかる…………けれど先ほどと同じように、十夜はそれに見ないふりをした。胸が大きくズキリと傷《いた》んだ気がしたけれど…………それも無視した。

「それじゃあ、おやすみ！」

「ああ、おやすみ」

「おやすみなさい」

こうして楽しいままにこの日は終わりを告げる……この日は。

◇

悲鳴が聞こえた気がした。

「ん………」
何か胸にざわつくものを感じて十夜は目を覚ました。部屋は暗い。時計を確認すると日付が変わったくらいの時間だ。前に見た夢の事を思い出して黒衣の寝床を確認するが、そこにはしっかりと黒衣の姿が合った。
「……ふう」
ほっと一息。しかしならば自分はどうして目が覚めたのだろうか。

きゃ……やめ……

「⁉」

何かが聞こえた。聞き覚えのある声。心をとても穏やかにしてくれるはずの声………それなのに、今は胸を刺すように感じる。

お母……を殴ら……きゃ

「なん、だ……これ……」

窓を閉め切れば外の音なんてほとんど聞こえないはず。それなのに聞こえて来るというのなら、これは幻聴《げんちょう》と考えるしかない………いや、そう考えたい。だけど声は確かに聞こえてきて、必死で駄目だと念じているのに体は勝手に耳を澄《す》ます。

お父さんやめて！

はっきりと、聞こえた。

「あ………！」

立夏の声。立夏の声。立夏の声………けれどそれは涙混じりで。その声をかき消すように男の怒声が混ざって聞こえる。それは今までずっと十夜が目を閉じて、耳も塞《ふさ》いでいたものなのに、どうして今さら聞こえて来るのか。

痛い！　痛いよ！　やめて！

悲鳴。悲鳴。悲鳴。耳を塞ぎたいのに塞げない……ここまで聞いてしまったら、塞いで聞かなかった事にすることなんて出来やしない。

「今夜はまたずいぶんと五月蠅《うるさい》いのぉ」

目をこすりながら、のっそりと黒衣が起き上った。

「五月蠅いって……」

「主も聞こえておるのじゃろう？　隣家から聞こえて来る悲鳴じゃよ」

「悲、鳴……」

わかってはいたけれど、実際に口にされると動揺してしまう。しかし黒衣は十夜と違って躊躇いは何もない。

「そう、立夏の悲鳴じゃよ」

「っ⁉」

言ってしまった。言われてしまった。聞きたくなかったたし。考えたくもなかったのに。分かっていてもずっと気付かないふりをしていたのに……。

「ここ最近は毎日じゃな……お陰《かげ》でわしもちと寝不足気味じゃよ」

肩をすくめる……どう考えても寝不足は嘘だと思うが、それにつっこむような余裕は今の十夜にはなかった。

「毎日……毎日だって？」

「そう、毎日じゃ」

「なら、どうして今夜だけ聞こえるんだ……？」

聞こえなかった。聞こえていなかった。昨日までは何も聞こえはしなかった。だからこそ安穏と眠り続ける事が出来ていたのだ……こんなものが毎日聞こえていたら、とてもじゃないが平静でいられない。

「ああ、それは主の体が馴染《なじ》んだからじゃろう」

「馴、染む……？」

「うむ」

黒衣が頷く。

「わしと主は契約を結んでおる。それもただの口約束ではなく呪術的な契約じゃ。それ故《ゆえ》にわしと主は契約を介して繋《つな》がっておる」

「繋がって……る？」

「そうじゃ、そして繋がっておるが故に主はわしの影響を強く受ける」

「影響……」

「端的に言えばわしの力が主に流れておるわけじゃ」

「力、が……？」

その言葉に思わず十夜は両手を見る…………心当たりは、あった。

「さすがにわしの力が全て流れるわけではないがの。身体能力は他の人間とは比べ物にならぬほど上がっておるはずじゃ」

遊園地で酔っ払いに絡《から》まれた時、そのパンチが止まって見えたし、軽く突き飛ばしただけのつもりがかなりの力が籠《こ》もった…………そして今、聞こえるはずのない悲鳴が聞こえるほどに聴力も高まっている。

「でも、何で今さら急に……」

黒衣と出会ってからもう結構な日が経っている。しかしその影響を感じたのはほとんど昨日今日の事だ。

「さっき言ったじゃろう？　馴染んだ、と。いくら契約のつながりから力が流れ込むと言ってもそれをいきなり扱えるわけではない。主の体がその力を扱えるように変わらなければならぬ…………そしてようやく変化は訪れたわけじゃ」

くくく、と黒衣は嗤う。

「じゃから紛れもなく主の聞いた声は本物じゃ…………いや、今も聞こえておるかの」

強化された聴力が音を拾う。

お父さん！　お願い止めて！


悲鳴が耳に響く。

「うあ……」

耐えきれずに十夜は呻《うめ》いた。

「のぅ、主」

「なん、だ……？」

「何故立夏はあのような悲鳴をあげておるのじゃ？」

それは本当に聞いているのか、それともわかっていて十夜の心を抉《えぐ》る為なのか……どちらの判断もつきはしない。

「……父親に、殴られてるんだろう」

それでも十夜は答える。答えるしかない。もはや耳も塞げず、知らぬふりして現実から目をそらす方法は何もない。

「五年、くらい前だったかな………会社が倒産して立夏の父親が無職になった。それでも貯えは十分あったらしいけど、再就職がうまくいかなかった。それで立夏の母親も働き口を探して……そっちはうまくいったらしい」

「ふむ、甲斐性《かいしょう》なしじゃの」

「………そうだね」

否定のしようもない………しかしそれで発奮してさらなる就職努力をするならそれでよかった。しかし立夏の父親はそういう人間ではなかった。

「立夏の父親はそれでひねくれちゃってさ…………酒に走った。ふらっと外に出かけては飲んだくれて帰って、家に帰っても酒びたり…………しまいにゃ見かねて止めようとした家族に暴力まで振るうようになった」

「なるほどのぅ……」

くくく、と黒衣が嗤う。しかしそれは立夏の父親を嘲笑っているのではなく……目の前の、自分を嗤っているように十夜には感じられた。

「のぅ主……それで主は何をしたのじゃ？」

「何をって……」

「殴られ悲鳴を上げる立夏に対して、何をしてやったのかと聞いたのじゃ」

「………」

答えない……十夜は答えられない。

「何じゃ、何もしておらぬのか」

意外そうに黒衣が言う。それに躊躇いながら十夜は口を開いた。

「…………一度、話をしに行ったよ」

一度だけ。たった一度だけだけれど。時折見える立夏の顔の痣《あざ》に我慢できず、話をつけようと乗り込んだ事がある。

「どうじゃった?」

「無駄だったよ……」

むしろ余計に悪化させた。それはそうだろう……自分の娘と同じ歳の小僧に諭《さと》されれば誰だっていい気はしない。考えなしの直談判は結果として相手を余計にひねくれさせて、立夏の顔の痣を増やしただけに終わった。

「ふむ、それで終わりかの?」

「…………ああ」

頷く。

「それ以上の事はしようとは思わなかったのかの?」

「それ以上って……」

「例えば…………殺してしまうとか、の」

あっさりと、黒衣は言い放った。

「それが一番手っ取り早かろう?」

まるで当たり前の事のように、人喰いの化物は言う。

「そんな事………出来るはずもないだろ」

「しかし考えなかったわけではあるまい？」

「それは……」

正直に言えば、ある。立夏の顔の痣を見るたびに……いっそあの人が死んでしまえばと思った事は何度もある。

「だけど、それはやっちゃいけないんだよ」

「捕まるからかの？」

「………それもある」

完全犯罪なんて滅多に出来やしない……十夜だって捕まるのは嫌だ。けれど重要なのは自分が捕まる事じゃない。リスクがそれだけならば、何かのきっかけで十夜はそれを実行していたかもしれない。

「立夏の為に、僕が立夏の父親を殺したって知ったら……立夏はどうすると思う？」

「ふむ」

それは考えもしなかったというように黒衣が天井へと視線をやる。

「あの娘の事じゃから自分を責めるじゃろうな………最悪自死《じし》もしかねんの」

「僕は……立夏には幸せになって欲しんだ」

父親を殺すという解決法で、立夏が幸せになれるとは思えない。

「しかしのぅ……何もしなければあの娘が幸せになる事はあるまい」

淡々と黒衣は事実を告げる。

「それとも主は今のあの状態が幸せとでも言うのかの？」

「…………」

そんなわけはない。

「主…………」

ずいっと黒衣が十夜に顔を近づけ……囁《ささや》く。

「殺せばよかろう？」

「!?」

思わず十夜は顔を引き離す。

「だからっ」

「それは昔の話であろう？」

有無《うむ》を言わせず、再び黒衣は顔を近づける。

「今はわしがおる」

にぃっと、その唇が歪む。

「欠片《かけら》も残さずわしが喰うてやる……死体も証拠もなければ失踪《しっそう》したとしか思えまい？　仮に疑う者がおってもわしが術でごまかしてやろう」

それでリスクは何もない……黒衣はそう告げる。

「故に後は主が決めるだけじゃ」

殺すか、殺さないかを。

「……僕に、殺せと命じろっていうのか」

それに黒衣は頭を振る。

「別にわしはそれを求めてはおらん。あの娘がどうなろうとわしが知る所ではないからの……あくまでわしは主に選択肢を示しただけじゃ」

「…………」

押し黙る。正直に言えばそれは魅力的な案だった。長年目をそらし続けるしかなかった問題が一気に片付くのだから。そうすれば十夜の抑えていた感情も全部、そう全部表に出してしまう事が出来る。それに、立夏を苦しめ続けていた父親に対して十夜は良い感情を持っていない……だからリスクが無くなった以上、躊躇う理由が見つからない。

しかし、それは契約の代償以外で人を殺すという事。つまりそれは言い訳の利かない殺人。契約の代償ならば仕方ないと言い訳も出来るが……そうでないのならばそれは純粋に十夜の殺人だ。

「別にもう一月待ってもよいのじゃぞ?」

見透かしたように黒衣が嗤う。

「そうすれば嫌でも誰かを選ぶ事になる………何、ほんのひと月悲鳴が止まぬだけじゃ。今まで数年耐えてきたのじゃ、それくらいの間ならばあの娘も我慢出来るじゃろう」

多分、その通りだ。立夏は強い。どれだけ父親に暴力をふるわれても、十夜に泣き言を言った事は一度もなかった……何事もなかったようにいつも十夜の前では笑顔を浮かべていた。だからきっと、一月くらい立夏は耐えられる。そして一月経てば黒衣との契約の代償に誰かを選ばなくてはならない………止《や》むを得《え》ず、選んでしまう事が出来るのだ。そうすれば良心の呵責《かしゃく》もいくらかは軽減されるに違いない。

さらに、それまで待てば人一人の命が助かるのだと取る事も出来る。今ここで立夏の父親を黒衣に食わせれば、契約の代償には誰か別の人を喰わせなければならない。一月経てば人一人の命が助かるのだと………そう考える事も出来る。

立夏が後一月我慢すれば全てがうまくいく………けれど自分は一月の間、この悲鳴に耐える事が出来るのだろうか？

そんな十夜を見て、黒衣はふむ、と頷く。

「判断材料が足らぬなら、こういうことも出来る」

にぃっと嗤って、黒衣はパチンと指を鳴《な》らした。

「なにを……」

尋ねるより先にその結果が十夜に知らせる。視界が暗転し、切り替わるように別の風景が目に飛び込んでくる。自分は部屋に居るはずなのに、いつの間にかその視界は俯瞰《ふかん》するように自宅の家の屋根を見ていた。

「わしと主は繋がっておるからな。こうやって千里眼を共有する事も出来る」

黒衣の言葉を向こうに、ぐるりと視界が動く。十夜の家から、隣の立夏の家へと。そして視界は飛び込むようにその屋根へと。その結果として最終的に目に飛び込んでくるであろう光景を予想して、十夜は背筋に寒気が走った。

「待っ……⁉」

黒衣は待たない。

「目を背《そむ》けずに見ることじゃ……まあ、今は背けようもないがの」

その言葉の通り、十夜は目を背ける事が出来なかった。目を閉じようにも自分が今目を開いているのかどうかさえ定かじゃない。ただ共有されている黒衣の千里眼が淡々と目の前で起こっている状況を十夜の視界に映し出す。

立夏が、殴られていた。それは知っている光景で、その声も音だってさっき聞いていた。しかし視覚から送られている情報というのはそれよりも遥《はる》かに鮮烈で、強《したた》かに十夜の心を打ちのめす。

父親から母親を庇《かば》うように立夏は立っていた。顔にはいくつも痣をつくり、鼻血も流していて、さらに瞳からは堪《こら》え切れない涙が溢《あふ》れているのに………それでも必死に父親をなだめようと笑顔を浮かべている。

それが気に食わないのか父親がまた立夏に拳を振るい、その華奢《きゃしゃ》な体が床に叩《たた》きつけられた。

「もう、いい……」

目もそらせず、その光景に手を出す事も出来ない。

「もういい、止めろ！　命令だ！」

だから叫ぶ。叫ぶ事しか十夜にはできない。

「承知した」

鷹揚《おうよう》な声がして、不意に視界は元に戻った。いつも通りの自分の部屋が視界に映り、目の前ににやにやと笑みを浮かべた人喰いが立っている。

「それで、主はどうする？」

「…………」

忌々《ゆゆ》しげに十夜は黒衣を睨《にら》みつける。そんなものはもう決まっている。あんなものを見せられて、他に選択のしようがあるはずもない。これからは悲鳴を聞く度にあの光景が浮かんでくるのだ…………そんなものに、一月も耐えられるはずもない。

それに
それに
それに

……………どうしようもないくらいに黒い感情が胸から溢れて来る。

「決まったかの？」

「……………ああ」

小さく、頷く。

「黒衣、命令だ」

そして、ゆっくりと言葉をつむぐ。

「立夏の父親を…………喰え」

◇

翌日、眠らないままに十夜は朝を迎えた…………正直眠ってしまいたいという気持ちはあったが、そうしたら起きた時には全ての決心が鈍っている気がした。幸い、これも黒衣の力が馴染んだというおかげなのか、意識ははっきりとしている。

「……………朝、かの」

のっそりと黒衣が身を起こした。十夜と違って黒衣はきっちり眠っていた。相変わらず朝は弱いのか、眠たげな表情だ。

「部屋出てるから、着替えておいてよ」

「……うむ」

頷く黒衣を背に、十夜は部屋を出る。

「よいぞ」

声が聞こえて十夜は部屋に戻る。着替えている間に若干目が覚めたのか、少しばかり表情ははっきりとしていた。

「次はわしが部屋を出…………なんじゃ、主はもう着替えておるのか」

「ああ」

黒衣が寝ている間に着替えは済ませておいた。

「なあ、一つ聞いていいか？」

「なんじゃ？」

「何でお前は朝が弱いんだ？」

ふと気になって十夜は尋ねた。黒衣の力が馴染んだらしい自分は、徹夜でも眠気を感じてはいない。そも睡眠というものは疲れを取る為のものだから、十夜が相当にタフになりほとんど疲れていないという事だろう。だからこそ、その大元たる黒衣が睡眠を必要とする理由がわからない…………普段基本的にやる事がないと黒衣はずっと寝ているのだ。

「…………まあ、半分は趣味のようなものかの」

「趣味？」

「わしは寝るのが好きなのじゃ」

身も蓋《ふた》もない答えが返って来た。

「起きようと思えばもちろん起きてはいられるが、寝ておる方が楽じゃからの」

「朝が弱いのは？」

「わしは元々夜行性じゃからの。もちろんすぐに意識をはっきりさせようと思えば出来るが…………あのまどろんだ感覚も嫌いじゃないのでの」

そういうことらしい。

「現実逃避《とうひ》はこれくらいで良いかの？」

「…………っ」

不意の一言。逃避した気はなかった…………けれど今する必要のない話であったのは確かだ。

「別に、無理をする必要はないのじゃぞ？」

黒衣が言う。

「主が命令すればわしはそれを喰ってくる…………じゃから、わざわざ主がその現場を確認する必要はない」

「いや、いい」

十夜は首を振る。

「僕が……自分で殺すって決めたんだ。だから見届ける義務がある」

「あえて苦しい方を選ぶとは……難儀《なんぎ》じゃのう」

くくく、と黒衣が嗤う。黒衣に喰え、と命令した後、十夜は付け加えた。決行するのは次の日の朝……そしてその場には自分も同席すると。

「では、そろそろ行くかの」

「……ああ」

◇

外へ出ると空には雲がいっぱいに広がっていた。色は真《ま》っ黒《くろ》に染まって今にも雨が降りだしそうだ。それはいかにもと言えばいかにもという風景で、これからやる事を考えればぴったりの空模様にも思えた。

「十夜君、おはよう」

先に待っていた立夏が、いつものように笑顔を浮かべて駆け寄って来る……まるで何事もなかったように。

けれど隠しきれない顔の痣が、何事もあったのだと十夜に再認識させてくれる。

「うん、おはよう」

出来る限り平静に、いつものようにと心がけて声を返す。

「黒衣さんもおはよう」

「ええ、おはようございます」

にっこりと黒衣も笑顔を返す…………と、何かに気付いたように。

「あら、顔に御飯粒《ごはんつぶ》が付いてますよ」

「え、嘘っ！」

「大丈夫、取ってあげます」

何も付いていない立夏の顔から黒衣が何かを取る仕草をする…………もちろん何も取れはしない。けれど、立夏の顔から隠し切れなかった痣が消えていた。

「ほら、とれました」

「ありがとう」

その事実に気付かぬままに、立夏は礼を言う。

『これはサービスじゃ』

十夜の頭に黒衣の声が響く。どうやら傷を治す術も使えたらしい。相変わらず黒衣の真意は読めないままで、感謝すべきなのかと判断に迷う。しかしここは素直に感謝すべきなのだろうと、内心で十夜は黒衣に礼を述べた…………多分、伝わってはいるだろう。

「それじゃあ、そろそろ行こっか」

時間を確認して立夏が言う。

「ええと、それが悪いんだけどさ……」

立夏に嘘をつく事に心苦しさを感じつつも、十夜は続ける。

「実は黒衣の両親の事でちょっと用事があるんだ。そんなに時間のかかることじゃないから授業には間に合うとは思うけど……今日は先に行ってくれるか？」

「そうなんだ……」

僅かばかりに声が沈む。例《たと》え何事もなく振舞《ふるま》っていても、傷ついていないはずがない。そんな時に一人にされてしまうのは誰だって嫌だろう。十夜だって出来れば一緒にいてあげたいけれど……一から全てを解決する為だ。

「ごめん」

謝るしかない。

「え、別に謝る必要なんかないよ！　用事なら仕方ないし！」

「うん、でもごめん」

十夜にはそれしかできないから。

「もう、変な十夜君」

困ったように立夏は笑う。

「それじゃあ、私先に行くね」

「うん、いってらっしゃい」

手を振って見送る。

「………主も面倒な男じゃのう」

立夏の姿が見えなくなってから、黒衣が口を開く。

「わしに命令すれば、言い訳などせずとも術でごまかせるのじゃが」

「………それが嫌なんだよ」

害はないと黒衣は言っているが、怪《あや》しげな術を立夏に使わせたくない。

「まあ、別にわしは主がそれで良いなら構わぬよ」

肩をすくめる。

「………行こう」

立夏に登校はすると言ってしまったから、出来るだけ早くしないと。周囲に人影がない事を確認して、素早く立夏の家の扉の前に立つ。

「家に他の人はいないな?」

「うむ、あの家には人は一人しかおらぬ」

立夏の家は四人家族だ。母親は早くから仕事に出かけて、立夏には弟がいるが弟も立夏より早く家を出る。そして立夏は今登校して行ったから………家に残るは一人だけだ。

「………入ろう」

「承知した」

ガチャリ

何かの術を使って、立夏の家の鍵を黒衣が開ける。

「では、参《まい》ろうか」

執事が主を招き入れるように扉を開いて、黒衣は十夜を促す。

頷いて、十夜は立夏の家へと足を踏み入れた。

◇

立夏の家に最後に足を踏み入れたのは、その父親に話をつけに行った時以来だ。その時でもどこか荒れた印象を受けたものだけど…………今はさらにひどくなっていた。

廊下や壁には所々傷が付いているし、壊されない為だろうか花瓶《かびん》などの置物類が一切ない……そのせいで、より一層の寂《さび》れた印象を感じる。

「どこに居るかわかるか？」

「この先の奥の部屋じゃの」

尋ねはしたが、黒衣の影響で感覚が強化されているのか十夜にも何となくわかる。記憶があっていれば確かその部屋は和室になっていたはずだ。昔来た時もそこに居たから、ずっと和室を根城《ねじろ》にしているのだろう。

「ここじゃの」

和室への扉は固く閉められていた。音もなく、隙間《すきま》から光も漏れていない。カーテンを閉め切っていて、明かりもつけていないのだろう。

「…………眠ってるのか」

耳を澄ますと微《かす》かにいびきのようなものが聞こえた。起こしてしまわないように十夜はゆっくりと引き戸をずらす…………やはり、寝ている。和室の中は酒びんとつまみ類の袋が散乱としていて、その中心に立夏の父親が転がっていた。カーテンは全て閉められていて、外から中の様子が漏れる心配はなさそうだった。

「良い身分じゃのう」

本当に。部屋には酒の匂いが充満していた。

「それで、どうするのじゃ？」

黒衣が問う。

「このまま喰うのか？」

暗に、起こしてから喰うか否《いな》かを問うてくる。

「起こそう」

迷わず十夜は答えていた…………それで気付く。眠ったまま殺す事は苦しみを与えないという点で慈悲《じひ》だ…………それを否定するという事は苦しませたいと思っていること。それを肯定するように、いつのまにか昨日感じた黒い感情が胸に湧きあがっていた。

「…………それはそうだよな」

自嘲《じちょう》する。憎くないはずがないのだ……顔の痣を隠して何事もないように笑う立夏を、何度も十夜は見てきたのだから。あんな悲鳴を上げるような目に遭《あ》っているのに、立夏が父親の事で十夜に泣きついた事は一度もない…………一度もないのだ。

「では、起こすとするかの」

にぃ、っと黒衣が唇をつり上げる。

パンッ

軽く手を叩く。それだけで立夏の父親のいびきが止まり……その眼が開く。

「ん……あ……？」

呆《ほう》けたような表情で、立夏の父親が起き上がる。

「おはようございます」

驚くほど平静に、明るい声が出た。

「お前は……隣の……?」

状況が理解できていない顔で、立夏の父親がこちらを見る…………黒衣が起こしたと言っても意識が完全にはっきりしているわけではないらしい。

「黒衣」

ならばその眼を覚まさせる。

「右手を喰え」

「承知した」

答えると同時に黒衣の上半身がするりと伸びた………伸びながらその姿が変わる。その本性である巨狼へと。

「ひ………!?」

完全に元の巨狼《きょろう》へと戻ると部屋に収まりきらないと判断したのか、黒衣は上半身だけが巨狼へと戻った。しかしそれでも十分に大きく、天井近くまで届くその体軀《たいく》は立夏の父親に恐怖を与えるには充分だった…………傍《はた》から見ると下半身は人の姿のままだから、ひどく滑稽《こっけい》に思えるのだけど。

ぱくり

実に静かに、何の抵抗も感じさせず、黒衣は立夏の父親の右腕を喰らった。それがあまりにも自然だったので、喰われた立夏の父親もしばらくその事実に気付いていなかった……まあ、すぐに理解する。

「ひぃあ……腕っ、俺のう、腕っぇえええああ！」

絶叫《ぜっきょう》。窓が震えるほどの。

「おっと、外に音が漏れてはまずいの」

呟いて、黒衣が一鳴きする…………すると窓の震えがぴたりと止まる。多分何か術を使って防音を施《ほどこ》したのだろう。

「腕、腕があああああああああああああああああああああああああ！」

だからと言って内側の悲鳴までも収まるわけじゃない。それを喰った巨狼に対する恐怖よりも、激痛と失った腕の方に意識がいってしまっているらしい。

「五月蠅いのぉ……」

辟易したように黒衣が呟く……そしてずいっと、その狼の顔を立夏の父親へと近づけた。

「黙れ」

「ひっ！」

低く、しかし通るその声は狂乱にあった立夏の父親の耳にもするりと入り込んだ。別に落ち着いたわけではないが……目の前に、腕を失った事実を上回る恐怖がいる事は思い出せたようだ。

「安心するがいい……片腕を失った程度では人間は死なん。それに血だって出てはおらぬだろう？　失血死の心配はないぞ？」

十夜も今気付いたが、確かに立夏の父親の右腕からは一滴の血も流れていなかった……もはや驚く事もない。そういう風に黒衣が喰ったのだろう。失血だけで死んでしまったり、意識が朦朧《もうろう》とされたりしない為の配慮なのだろう…………嫌な気の利き方をする。

「じゃから落ち着いて……主の話を聞け」

「あ、主………？」

該当するのは一人しかいない。自然と立夏の父親の視線が十夜へと向いた。

「来海《くるみ》さん」

その視線を受けて、十夜は宣告する。

「死んでください」

「なっ……!?」

何故？　という表情を立夏の父親が浮かべる。それを見て十夜は理由を説明してやろうかと迷い………すぐに首を振る。その理由を説明した所で、目の前の人間はきっと自己弁護しかしないだろう。

「…………ふう」

息を吐く。正直に言えばそれでもまだ迷いはある。紛れもなく純粋な、自分の意思だけで人を殺す…………それも立夏の父親を。酒に荒れ、家族に暴力を振るう彼は紛れもなく良い人間ではないだろう。しかしそれは処罰されるレベルであったとしても、死刑にされるような罪ではありえない…………それを、殺すのだ。

それはこの社会において許されるようなことじゃない。黒衣がいるから、発覚する事がないからというのは理由にはならない。罰されないからやっていいという法はないのだ……そういうものも全てかなぐり捨てて、殺すのだ。

「黒衣」

名を呼ぶ。これは誰も望んでいない事だ。もしかしたら、立夏の他の家族は何度か頭に掠《かす》めた事はあるかもしれない…………けれど立夏は違う。違うと断言出来る。例え幾度《いくど》となく暴力を受けてもそれを決して表に出さなかった彼女は…………きっと今でも優しかった父親に戻る事を願っているのだろう。

だからこれは十夜の勝手だ。

十夜がただ立夏の悲鳴を聞きたくない。

立夏に幸せになって欲しい。

そんな一方的な願いから行う事。

黒衣に提案されたからでもなく、
十夜がそうしたいと決めたから選択した事。

「あれを、喰え」

「承知」

にぃっと唇を釣り上げて黒衣が頷く。

「ま、待っ…………⁉」

命乞《いのちご》いする暇もなく

ぱくり

まず、上半身が消えた。それだけで彼は絶命しただろう。残る下半身も、上半身の咀嚼《そしゃく》を終えた後に黒衣が咥《くわ》えて飲み込む。右腕を喰った時には聞こえなかったからわざとやっているのだろう。グシャリ、ゴシャリ、硬い骨や肉を咀嚼する音が部屋中に響き渡っていた。

「ごちそうさま」

全てを飲みこんで、するすると黒衣の姿が人のものへと戻った。不思議な事に制服も破れることなく元に戻っている…………なら、最初に会った時のあれは何だったのか。

「では、御暇《おいとま》するかの、主よ」

「…………ああ」

いつまでもここに居ては疑われる理由を作るだけだ。立夏の父親にはこのまま失踪した事になってもらう。元々ふらっと出かけてはしばらく戻ってこない事もあったらしいから、誰も疑ったりしないだろう…………積極的に探そうとする人も、いはしないだろうし。

「出よう」

誰もいなくなった和室を、二人は後にした。

◇

「これで今夜は静かに眠れるのぅ」

寝床に転がって、おかしそうに黒衣が言う。

「…………」

それに十夜は無言で返す。自分のベッドの上で、布団にくるまった状態で。部屋の電気は点いておらず、カーテンも閉め切っているので真っ暗だ。

あの後少しだけ遅れて、十夜は学校に行った。家の用事だと連絡は入れておいたから、教師が疑う事もなかった……それは後から見れば立夏の父親の失踪と重なるわけだから疑われる可能性もあるだろう。しかしいざとなれば黒衣の力でいくらでもごまかしが利くし、死体が見つかるわけもないからどうにもならないはずだ。

「何をそう暗い顔をしておる？　これであの娘は幸せになれるのじゃろう？」

そう、その通りだ。これで立夏は幸せになれるはずだ。立夏の苦しみの原因だった父親は十夜の意志で取り除い…………殺したのだから。そう、殺したのだ。命を守る為でも、黒衣との契約の代償でもなく…………十夜の意志で殺したのだ。

「うっ……!?」

吐き気が湧いてくる。自分自身に対する生理的な嫌悪感。そして許されない事をしたという後悔。あの場、その瞬間にはまるで感じていなかったものが、後になって十夜を押し潰そうとやって来た。

「やれやれ、この間の男の事をふっ切ったかと思えばまた同じことの繰り返しとはの……主よ、早々に慣れねばこの先やっていけぬぞ？」

「うる……さいっ……」

何とか言い返す。慣れるか……慣れるものか。人を殺すという事に、そう容易《たやす》く慣れる事が出来るはずもない。

「しかしのぅ主、来月になればまた主はわしに人を喰わせねばならぬ」

そう、それが契約故に。

「その度に主は同じように苦しみ後悔するつもりか？」

「………」

答えない。答えられない。次、そう次があるのだ。黒衣との契約が解消されない限り、月に一度十夜は黒衣に人を喰わせなければならない………そうしなければ、黒衣は自分の意志で誰かを喰ってしまう。それは見知らぬ誰かかもしれないし、見知った大切な相手かもしれないのだ。

「それに主」

まだ、黒衣は続ける。

「主は今回契約の代償とは別にあの娘の父親をわしに喰わせた………同じような事がこれからも起こらないとは限るまい？」

「そんな事は……っ！」

無い……と、断言できなかった。十夜はすでに手段を手にしてしまっている。黒衣という名の問答無用のジョーカーを。同じような事が起こった時………十夜が絶対に許せないような理不尽が起こった時に、同じ選択をしないという自信は正直なかった。

「別に、よいではないか」

耳元で黒衣が囁く。

「世の中において協調性が必要なのは個が集団には敵《かな》わないからじゃ。故に恭順《きょうじゅん》しその取り決めに従う………しかし主は違う。主は個じゃが、わしという集団の利を覆《くつがえ》すジョーカーを持っておる。ならば社会の倫理や法に従う道理もあるまい？」

それは、そうなのかもしれない。確かに黒衣の言う事は一つの見方としては正しいのかもしれない。けれどそれは最初から強者として生まれた黒衣の考え方であって、ごく普通に生まれ育った十夜にはすぐに受け入れられるものじゃない。

「少し……黙れ」

人を殺したのだ………それは決して良い事なんかじゃない。

「承知した」

肩をすくめて頷いて、黒衣は口を閉じた。しかしその視線は十夜を捉《とら》えたまま……面白いものでも見るように、唇を歪ませてじっと見続ける。

「………」

それに十夜はいっそ見るな、とでも命令してやろうかと考える………しかしそれに意味があるようにも思えなかった。黒衣に見られようが見られていまいが、十夜の抱える嫌悪感や後悔が消えるわけじゃない。

ただ、じっと………耐えるしかないのだ。

気が付くと、一月経過していた。ふらっと外に出る事はあっても、一月帰って来なければ誰だっておかしいと思う。立夏の母親の手によって失踪届けが出され、警察による調査が行われた…………最初は立夏達も疑われたらしい。父親がアル中で家庭内暴力が行われていたのは近所では皆知っている。しかし調べた所で立夏達にはアリバイもあるし、死体も出てきやしないからすぐに疑いは晴れたようだ。

◇

「おや主、今日も寝不足かの？」

「…………煩《うるさ》い」

皮肉《ひにく》げな言葉に答えて家を出る。いつもの朝…………否、少し前までの日常とはまた違う最近の朝。父親の失踪の件のごたごたで、あれからほとんど立夏とはまともに顔を合わせていない……正直な気持ちを加えれば、十夜も顔を合わせづらくて避《さ》けていた面もある。

「あ…………」

だから今日も黒衣と二人で学校へ向かう…………そのはずだったのに、立夏がそこに居た。

「十夜君、おはよう」

いつものような明るい笑みはそこになく……少し寂しげに、疲れたような笑みを立夏は浮かべていた。

「あ、ああ……おはよう」

それに戸惑うように答えながら、立夏に近づく。

「おはようございます」

黒衣だけが全く気にせぬように、猫を被《かぶ》って笑みを浮かべる。

「うん、黒衣さんもおはよう」

けれど答える立夏の顔はやはり暗い。


何故？


そんな疑問が浮かんでしまう。それは決して聞いてはいけない事だとわかっているのに、思わず聞いてしまいそうな自分を、十夜は必死で押しとどめた。

「何か……顔見るの久しぶりだな」

「うん、そうだね……」

小さく頷く。

「色々……あったから」

その声はどこまでも暗く、十夜の胸を締め付ける。

「大変………だったな」

それだけしか、十夜は言えなかった。

「………ねえ、十夜君」

躊躇いがちに、立夏は口を開いた。

「私……喜ぶべきなのかな？」

「っ⁉」

不意打ちのようなその一言に、十夜は固まった。

「お父さんがいなくなってね………お母さんも、弟も、どこか嬉しそうなの。もちろん直接口にしたりはしないんだけどね、雰囲気でわかっちゃうの」

その事が悲しそうに、立夏は言う。

「そりゃ、ね……私だってお父さんが悪くない、なんて言わないよ。働かないでお酒飲んでばっかりだったし、お母さんや弟のこと殴ったりしたし……」

それでも、自分が殴られた事は言わないのか。

「でも、でもさ………それでも私にとってはお父さんでさ。昔の、優しかった頃のお父さんを私は思い出せるんだよ………昔みたいに戻って欲しいって、ずっと思ってた」

そう言って立夏は笑う……泣きそうに、笑う。

「ねえ、私……喜ぶべきなのかな？　それとも、泣いた方がいいのかな？」

わかんないよ、と立夏は呟いた。

それに十夜は……答えられない。答えられるはずがない。


喜んで欲しかった。


そんな事を…………口に出来るはずがない。

「ごめん……私、変なこと言っちゃったね」

答えられない十夜に、小さく笑って立夏は背を向ける。

「先、行くね…………今はちょっと、一人になりたいから」

小さな声でそう言って、背を向けたまま立夏は走り去った。その後ろ姿を、追う事も、声をかけることすらできないまま、十夜は見送った。

「僕は…………最低、だ」

その姿が見えなくなってから、十夜が呟く。

「分かってた。分かってたんだ。知っていたんだ……立夏が望んでいない事くらい。どれだけひどい事をされても、父親を憎んだりできない子だってことを僕は知っていた。父親が死んだりいなくなったりすることを願ってはいなかったんだっ！」

叫ぶ……堪え切れなかったから。

「だから、これは僕の勝手だった。僕が嫌だったから殺したんだ。立夏が傷つく事が……立夏の悲鳴を聞くのが嫌だったから殺したんだ」

そう、そのはずだったのに。

「それを選んだのは僕で……悪いのは僕だ」

人殺しは許される事じゃない……そんなこと分かりきっていたはずなのに。

「なのに、僕は……許されようとした。父親がいなくなって良かったって、立夏に言って欲しかったんだ………そうすれば、全部立夏のせいにしてしまえるから。立夏の為に殺したんだって、そう言ってしまえるからっ！」

自分自身に耐えきれないように、十夜は叫ぶ。

「全部立夏のせいにして……その立夏に許されようとしたんだ、僕は」

自分の勝手で、自分で選んで、自分で殺したのに。

「僕は…………最低だ」

もう一度、呟く。そしてそのまま俯《うつむ》いて……十夜は口を閉じた。そのまま学校に向かうでもなく、家に戻るでもなく、その場でずっと俯いたまま立ちつくす。

そんな十夜を、黒衣はずっと見ている。

いつものように、可笑《おか》しそうに見ている。

嗤って
嗤って
嗤って
嗤いながらずっと見ている。
まるで、こんな可笑しいものは他にはないというように。
時間を忘れるくらいに。

四章　彼の人喰いの事情

気が付けば三十分は経過していただろうか。それだけの間立ちつくしていれば昂《たかぶ》った気持ちも少しばかりは落ち着いて、考える頭も出て来る。そうするといつまでもここで立っているわけにもいかないな、と気付く。

「ふむ、ようやく落ち着いたかの」

そこにまだいた事にうんざりしながらも十夜《とおや》は振り向く。

「…………いたのか」

「もちろん。許可なく主《あるじ》の傍《そば》を離れるなと命令を受けているのでの」

にぃっと嗤《わら》う。その笑みが今の十夜にはひどく鼻についた。

「わかった、行け」

「ふむ？」

「好きにしろって言ってるんだ……僕はもう今日は学校に行かない」

今更《いまさら》学校に行って、立夏《りっか》に合わせる顔なんて持ち合わせてない。

「ふむ、そうか…………ではわしは学校へでも行くとするかの」

「…………」

当てつけのような言葉に、十夜は黒衣《くろえ》を睨《にら》みつけた。

「そう睨まずとも良いのに」

「行けよ」

苛立《いらだ》たしげに言い放つ。

「ではそうするとしよう……気を付けるんじゃぞ？」

「？」

「家に帰るまでが遠足じゃというからな」

くくく、と嗤って黒衣はぴょんと民家の屋根へと跳《と》んだ。そしてそのまま屋根を跳び渡ってあっという間にその姿が見えなくなる。

「まともに行けよ……」

呟《つぶや》いて、家へと体を向ける……と、いつの間にかそこに男が立っていた。スーツ姿で、歳は二十代後半くらいだろうか。眼鏡をかけていて一見すれば典型的なサラリーマンのように見えた。鷹揚《おうよう》な笑みを浮かべて、彼は十夜を見返した。

「神咲《かみさき》……十夜さんですか？」

近づいて、尋ねて来る。

「そう、ですけど……」

何の用かと男を見

パンッ

乾いた音が響いた。

「え？」

ぽかん、と口が開く。感じたのは熱と、それが流れ出る感覚。何が起こったのかを察するよりも早く、体は傾《かたむ》いた。

ただ、ああこれで楽になれるのだと……それだけを感じた。

ばたんっ

倒れた十夜の体から、赤い血だまりが広がっていく。

「………ふう」

男が息を吐く。それは無事に事を成し遂げたという安堵《あんど》の息だった。

「お主《ぬし》、いきなり何をしてくれる？」

「っ⁉」

驚き、声の方に男は視線を向ける。そこには屋根の上からこちらを見下ろす黒衣の姿があった。自分の主《あるじ》である存在が撃《う》たれて倒れたというのに、その表情には焦った様子もない。

「見ての通り、彼を撃ち殺しました」

その凶器たる拳銃を懐《ふところ》に仕舞《しま》いながら、男は黒衣へと答える。その頃にはすでに動揺も消えて平静を取り戻していた。

「それよりもお聞きしたいのですが、いつの間にここに？　あなたがこの場を離れるのはしっかりと確認したはずなのですが」

「なに、簡単な事よ」

とん、と跳んで黒衣は男の前へと着地する。

「お主がわしが離れた事を確認した後に、こっそり戻ってきただけの事。わしにかかれば多少の距離などあってないようなものじゃからの」

「ははは、なるほど」

笑えない話だ。しかし黒衣は嗤う。

「お主がここ最近わしらの近くをうろついておったのは知っておった……で、面白そうじゃから隙《すき》を作ってみた。お主はそれにものの見事に引っ掛かったわけじゃな」

「お恥ずかしい限りです」

恐縮したように男は言う……それを黒衣はかかかと嗤う。

「よく言う、分かっておってあえて乗ったくせにの。作られた隙だとわかっていてもあえてそれを突き通す可能性に賭けた…………そしてそれは叶ったわけじゃろう？」

「…………」

男はそれに答えず、黒衣も気にしない。

「で、お主は何者じゃ？」

問う。それに男は軽く一礼する。

「初めまして、私は田中圭一郎《たなかけいいちろう》と申します。国の退魔省《たいましょう》という組織で退魔官という職務についております」

「そんな省庁など聞いた事がないがの？」

「公《おおやけ》にされていない機関ですので」

「ふむ」

頷《うなず》く。現代においてオカルトの類《たぐい》は全て迷信として片づけられている。ならばそれを取り扱う部署が秘匿《ひとく》されていてもおかしくはない。

「で、その退魔官とやらがいかなる理由で我が主を撃ち殺したのじゃ？」

「それはもちろん、あなたを封《ふう》じる為」

「ほう」

興味深げに黒衣が田中を見る。

「あなたの存在はその封印が解かれた時から我々は察知していました……そしてその強大な力も。正直に申し上げて退魔省どころか、この国の全戦力をあげてもあなたを滅《めっ》する事はできないでしょう」

「じゃろうな」

当然のように黒衣は首肯《しゅこう》する。封印《ふういん》の中でも千里眼《せんりがん》を用いて黒衣は世界を見てきた。長い年月の間に科学技術は確かに発達したが、それらから作られる武器は黒衣に通用するような代物ではない。

だとすれば可能性があるのは魔を滅する力を持った異能者達だが、

「古《いにしえ》の退魔師ならいざ知らず、お主程度では無理な話じゃ」

「おっしゃる通りです」

遥《はる》か昔に、黒衣のような一部を除いてこの日本の全ての妖《あやかし》は滅せられた。それはつまりそれを滅するものの需要もなくなるという事である。必要のない技術とあれば廃《すた》れるのは必然となり……むしろ少なからずここまで伝えられていた事すら驚きだ。

「今や強力な力を持った妖はこの世に存在しません。私達の主な仕事は悪霊《あくりょう》退治や、邪《よこしま》な呪術師の取り締まりです………あなたのような強力な妖に対抗するには技術も経験もまるで足りません」

「ふむ、それでどうした?」

「色々とあなたについて調査を…………そして古い文献の中から、あなたの封印についての記述を見つける事が出来ました」

「ほう」

「それによればあなたに掛けられた封印は契約によって一時的に解除されるものの、その契約が無効となれば再び効力を発揮するものとわかりました」

そうなれば方法は一つしかない。直接倒すのが不可能ならば再び封印する……契約を無効化さえしてしまえば、それは成《な》せる。

「ですから、あなたの主となった彼を殺させていただきました。契約の要たる主が失われれば契約は無効。あなたは再び封印される…………はず、でした」

困ったように、田中は肩をすくめる。

「それなのに、あなたはどうして封印に戻らないのですか?」

田中だってすぐに再封印されるような劇的な効果を期待していたわけではない。相手はなにせ神話レベルの妖だ。再び封印される事に抵抗したっておかしくはない…………しかし封印そのものはすでに一度その身を縛《しば》った実績がある。今の自分達とは比べ物にはならないレベルの退魔師が作り上げたものだ……必ず再封印出来るものと思っていた。

しかし、だ。結果として目の前で黒衣は封印されることなく立っている。おまけに何か抵抗をしたような気配もなく、余裕そのものだ。

「それはの、お主が二つばかし間違っておるからじゃよ」

にぃっと黒衣が嗤う。

「一つはあの封印じゃ。お主は契約が無効になればわしが封印に戻ると言ったが、主との新たな契約が結ばれた時点でわしがあの封印に戻る事は二度とない…………ま、お主が調べたという文献が間違っておったんじゃな」

「それは……参《まい》りましたね」

頭をかく。それくらいしか出来る事がない。

「まあ、そう落ち込む事はない。大した違いではないからの」

「……と、いうと？」

「契約が無効になればわしは死ぬ。故《ゆえ》に封印に戻る事はないという話じゃ」

あっさりと黒衣は告げた。

「契約が結ばれた時点でわしと主の命は繋《つな》がっておる……故に主が死ねばわしも死ぬ」

それを聞いて田中は呆気《あっけ》にとられたような表情を浮かべた。

「ええと……それはつまり」

「うむ、わしが生きておるという事は主も生きておるという事じゃ。それがお主の二つ目の間違いじゃな」

「そんな馬鹿な……」

呻《うめ》くように呟く。

「銃弾は確かに彼の心臓に撃ち込みましたし……あの銃弾だって普通のものではありません。仮に急所を外しても確実に息の根を止められるようたっぷりと呪力が込めてありました。あなたのような妖ならともかく、ただの人間があれで死なないはずがない」

「ただの人間、ならばの」

くくく、と黒衣が嗤う。

「言ったであろう？　わしと主の命は繋がっておる、と。それはつまり主を殺すにはわしを殺すのと同等の力量が必要となるという事……お主程度に殺せるわけがあるまい？」

「…………」

田中は黙るしかない……ただ、その視線を倒れ伏す十夜へと向ける。

「!?」

それを裏付けるようなタイミングで、十夜の指がピクリと動いた。しかし完全に意識が戻ったわけではないようで、それ以上身動きはしない。だがそれは十夜が生きているという事を証明するには十分すぎる。

「さすがにまだわしの力が馴染《なじ》み切っておらんから回復は遅いが……わしの命が支えておる以上はまず殺す事など不可能じゃ」

「……そのようですね」

あっさりと、田中は認めた。

「選択を誤《あやま》ったの。もしわしを殺したいんじゃったら遠回しに主を狙うような真似をせず、直接主に交渉すべきじゃった。そうすれば、わしを殺せる可能性はあったろう」

「それはどういう……」

「なに、わしは主に絶対服従の身なのでな……死ねと言われれば死なねばならん」

「!?」

田中は驚いたように黒衣を見た。

「しかし、その場合彼も死んでしまうのでは？」

黒衣の弁によれば、二人の命は繋がっているのだから。

「さっきの話じゃが、それは主が先に死んだ場合に限る。契約の要はわしにあるから、わしが死ねば主が死ぬよりも先に契約が無効化される……死ぬのはわしだけじゃ」

あっさりと、そんな重要な事を黒衣は言ってしまう。

「それで、どうする？　もう五分もすれば主は目覚《めざ》めると思うが？」

「………………」

迷うように田中は黒衣と十夜に視線をやる…………そしてため息を一つ。

「今日の所は退《ひ》かせてもらいます。あなたの話が本当だとしても、彼と交渉するには多少間を置いた方がいいでしょうし」

「主に牙《きば》をむいた人間を簡単に退かせるとでも？」

「出来ればお願いしたいですね」

無理ですかね……あはは、と苦笑《くしょう》する。

「まあ、よいぞ」

「え」

田中は思わず間抜けな声を出した。

「別に逃げても構わんと言っておる」

「……本当ですか？」

「うむ」

懐疑《かいぎ》的な田中に黒衣はしっかりと頷いて見せる。

「わしは確かに主の従僕《じゅうぼく》じゃが、命令なくては動けぬ身でな。勝手に人を喰《く》ってはならんと命令されてもおるし……お主は逃がした方が面倒はなかろう？」

「ええ、もちろんです」

ここぞとばかりに田中もしっかりと頷いて見せる。

「我々の力ではあなたも、その主である彼も殺す事は出来ないと上にしっかりと報告させていただきます。下手に刺激せずに様子を見た方が無難だとね……まあ、そちらの彼には改めて挨拶《あいさつ》には伺《うかが》わせてもらう事にはなると思いますが……」

一瞬十夜へと視線をやって、黒衣へと戻す。

「彼にはどうぞ謝罪の意をお伝えください。それと基本的に全ての行為は黙認せざるを得ない事になりますが派手にはやりすぎないように、と」

「いきなり殺そうとしておいたくせに、早い変わり身じゃのう」

呆《あき》れたように黒衣が田中を見る。

「まあ、現状私に出来るのは交渉くらいのようですので」

悪びれた様子もなく田中は答える。

「人を喰ったような奴じゃのう」

「…………それはあなたの事では？」

「その通りじゃな」

かかか、と黒衣は嗤う。

「笑い事じゃないんですがねえ……」

諦《あきら》めたように田中は呟く。

「まあ、今の所は仕方ありません……それでは失礼します」

そう言うと田中はあっさりと背を向けて、歩いてその場を去って行った。その後ろ姿には不意打ちを警戒《けいかい》するような様子はまるでない。どうせ警戒した所で黒衣が殺す気ならば殺されてしまう…………だったら警戒する必要などない、そんな態度だ。

「ふむ、なかなかに面白い奴じゃったの」

その後ろ姿が見えなくなってから呟き…………黒衣は十夜を見た。

「主よ、気が付いておるんじゃろう？」

返事はない。

しかし倒れ伏した十夜の体は不意に動き出し、ゆっくりとその身を起こして立ち上がった。

◇

気が付くと、痛みが体中に走っていた。胸から広がって全身を締《し》め付けるような痛み……しかしそれ自体は少しずつ収まっていくようで、すぐに考える余裕が十夜には生まれた。

まず自分が何故倒れているのかを考えた。

突如《とつじょ》胸に走った痛み。

火薬の破裂したような音。

自分の名前を確認した男。

…………銃で撃たれたのだとすぐに察した。

しかし次に十夜が思ったのは何故？　ではなく、

ああ、自分は死ぬ事も許されないのか。


そんな諦めだった。

そして次に二人の話している声が聞こえてきて…………今に至る。


「…………がっ、かはっ」

喉《のど》の奥に溜《た》まった血を吐きだす。血はもう止まっていた。傷口の痛みももう無く、立ち上がるとぽろぽろと金属質の何かが転がり落ちた。銃弾だ。傷口が塞《ふさ》がる時に押し出されたらしい…………本当に、普通の体ではなくなったのだと実感する。

「触らぬ方が良いぞ」

何となく、手に取ろうとして黒衣が遮《さえぎ》った。

「その銃弾には人を殺す為の呪いが目一杯に詰まっておる。今の主を殺すにはもはや力不足じゃが、触れれば身を焼くくらいの力はある」

手を引いてじっと弾丸を見る。言われてみれば何か不吉な印象を覚えなくもない。

「それは後でわしが処理しておこう。妖であるわしには無意味じゃからの」

「…………」

弾丸から目を離し、十夜は黒衣を見た。

「いつから、気が付いていたんだ？」

話を聞いていた事に。

「最初からじゃ」

あっさりと答える。

「わしと主は契約で繋がっておる…………わからぬはずがないであろう？」

「…………」

なら、全て意図して喋《しゃべ》ったというのだろうか。

「黒衣」

「なんじゃ？」

僅《わず》かに躊躇《ためら》ってから、十夜はそれを口にする。

「死ねと命令すれば……お前は死ぬのか？」

「うむ」

実にあっさりと、黒衣は頷いた。

「あの退魔官とやらに話した事に嘘偽《うそいつわ》りはない。わしは主の命令には絶対服従……死ねと言われれば即座に死んで見せよう」

何なら試してみるかの、と黒衣は笑う…………それが十夜には理解できない。

「何で、だ?」

「何、とは?」

分かっているくせに、尋ね返す。

「どうして、そんな契約を結んだんだ?」

自分の死すら受け入れなければならない契約なんて、どう考えてもおかしい。それでメリットがデメリットを上回るのならまだ一考の余地があるが………十夜の知る限りではあるように思えない。

「契約を結ばねば、あの封印からは出られぬからの」

「だからって……」

納得はできない。確かにそれで外に出る事は出来るが……そこに自由はない。外に出る代りに負ったリスクは自死すら受けいれなければならない絶対服従の身だ。それならば無理して封印の外に出ず、他の方法を模索《もさく》した方がよいように思える。

「そうでもない」

十夜の考えを読んで黒衣は答える。

「価値などそれを決める本人次第でいくらでも変わる。主にとってメリットでない事も、わしにとってはメリットになる………その為ならリスクも背負う」

「………それは、何なんだ?」

自分の命をも秤《はかり》にかけて得られるメリットは。

「人の傍《そば》に居る事」

一瞬、その言葉の意味が十夜には理解できなかった。

「それは……どういう意味だ？」

「そのままの意味じゃよ」

にぃっと黒衣が嗤う。

「わしは人の傍に居たかった。それも隠れ潜むのではなく、堂々と大手を振って、な。」

「なんで、そんな……」

わからない。そこまでして人の傍に居る理由があるのだろうか。

……だって、黒衣は人喰い、それも圧倒的な力を持った妖だ。それはどうしようもないくらい人間とはかけ離れていて、決して交わらないものだと思うのに。どうして同じ世界に居たいと思えるのだろうか。

それに黒衣は、嗤わず答える。

「わしはな……人間が好きじゃ」

「え」

突然の告白に、戸惑《とまど》う。

「それは、どういう意味で？」

何とか声を出す。黒衣は人喰いだ……言葉通りの意味だとは限らない。

「ああ、別に人間の味が好きというわけではないぞ」

すぐに黒衣は否定する。

「人の味に関して言えばわしは特に気にしておらん。しかしあえて味について評価するとなれば…………大して美味《うま》くはないの」

「…………そんな事は聞いてない」

「ふむ、そうか」

頷く。

「で、続きじゃがの。別にわしは人間を喰うのが好きなわけではない……かと言っての、人間という種族を愛しておるとか、そういう事でもない」

それはそうだろう……だったら、人なんて喰えない。

「人間はの、面白い」

「面、白い……？」

「そうじゃ」

頷く。

「見ていて飽《あ》きぬ。わしの感覚を表現するなら……そうじゃな、人間達が動物園の動物を見て面白いと感じる感覚かの」

「…………」

　それは人という種に対する侮辱としか感じられない…………しかし黒衣のような存在からすれば、人間なんてその程度の存在なのだろう。だがそうだとするのならば、余計に十夜にはわからない。

「…………それだけ、なのか？」

「うむ？」

「それだけの理由なのか？」

「うむ」

　頷く。

「わからぬか？」

「…………ああ」

　動物園の動物を、命を掛けてまで十夜は見たいと思えない。それに黒衣は封印の中でも千里眼で外を見ていたと言っていた…………それならば、余計に無理して外へ出る必要はないのではないか。

「千里眼で見るのと直接見るのとでは違う」

　それは、わかる。観光地をテレビで見るのと、実際に自分でまわるのとではその受ける印象は大きく違うものだ。それは多分視覚だけから得られるものだけじゃなく、五感の全てを使って感じられるからだろう。

「それでも…………わからない」

それでも十夜には理解できない。

「まあ、人間にはわからぬよな」

嗤う。

「忘れたか……わしは妖じゃ。人喰いの化物じゃ。人間とはまるで違う価値観を持っていてもおかしくはあるまい」

それは……そうなのだろうか。

「わしはな、生まれた時から強大な力を持った妖じゃった。人など喰おうと思えばいくらでも喰えたし、わしを退治しようと襲《おそ》ってくる輩《やから》も全て返り討ちにした…………しかしの、そんなわしの心中を占めるのはいつも一つの単語じゃった」

「それは？」

「退屈、じゃ」

それは心底うんざりしたような声だった。

「わしには何もすることがなかった。最初から何者も寄せ付けぬ力があるから努力する必要もない。他の妖のように人を喰うだけで喜んでいられれば良かったが……さっきも言ったようにわしは大して人を美味いと思わんでの」

その言葉に、十夜は一つ疑問を覚えた。

「他の妖のようにって……」

「ああ、わしは妖の中では変わり者でな。基本的に妖というものは人を喰うものというだけの存在じゃ。それだけがあ奴らの生きる目的であってそれ以外には何もない……じゃからあ奴らは見ていて何も面白くない」

思い出し、その事に辟易《へきえき》するように黒衣は言う。

「じゃからわしは人の中に紛れて生きる道を選んだ。人の姿に化ける術を覚えて人として生活をした…………そうすれば間近で人を観《み》る事が出来るからの」

「…………だったら、契約なんていらないじゃないか」

そんなものを結ばなくても、人を観る事が出来たのだから。

「そうでもない……何度も言うが、わしは人喰いじゃからな。繰り返し人が消えればその原因がどこにあるかを探るであろう？」

そしてその時期は黒衣のやってきた時期と一致するのだ。

「人を喰わないって選択肢はなかったのか？　……黒衣は、別に人を喰う事が好きなわけじゃないんだろう？」

それは何度も黒衣は自分で言っていた。

「ない」

しかし返って来たのは否定の答え。

「人喰いは妖の本能じゃ……喰わねば飢《う》える。飢えれば狂う」

それはぞっとするような声だった。

「昔、一度だけ人断ちをした事がある…………二月ほど経った頃かの、気が付いた時には村が一つ喰い尽くされておったよ」

それは黒衣ほどの力を持った妖でも逆らえぬもの。

「最低で、一月に一人喰えば飢える事はない。以来、それを守るよう気をつけておる」

故にそれが契約の代償の理由。

「わしが人間と契約したのは村を一つ潰《つぶ》してしまってから、三カ月ほどした頃だったかの。その頃にはまた人に紛れておったのじゃが、目ざとく一人の退魔師がわしを見つけての………襲ってくるかと思ったら、あ奴は契約を持ちかけてきた」

「それが、この契約？」

「そうじゃ」

頷く。

「中々面白い男じゃった。自分よりはるかに力を持った妖に従僕になれと提案するのじゃからな………普通なら殺されてしまいじゃ」

「でも、受けたんだろう？」

「受けた」

迷いなく。

「契約の代償は月に一人わしに人間を喰わせること。契約の内容は主の命令に絶対服従……それが条件じゃった」

普通なら絶対に受ける理由がない契約。

「しかしわしは受けた。そうすれば、何の問題もなく人の傍にいられるからの」

「でも、人は喰うんだろう？」

「うむ、喰った。当時の退魔師は官憲《かんけん》のような仕事もこなしておったからの。逃亡中の犯罪者や、死刑囚なぞを喰っておった………人の都合で人を喰えば咎《とが》められる事もない」

それが契約の理由。黒衣が選んで喰うのではなく、人に選ばせてそれを喰うのならば、変わらず人の下に居られる。

「まあ、それも五年ほどしか続かなかったがの……時の帝《みかど》が妖の一掃《いっそう》を命じたのでな。それには人に仕えておった妖も含まれておった」

そう言えば以前、黒衣はそんな事を言っていた………だからこの現代には妖は残っていないのだと。

「でも、それなら何で黒衣は無事なんだ？」

契約を結ぶ前ならば、きっと黒衣は自力で生き延びる事が出来ただろう……しかし契約を結んだ黒衣は死ねと命じられただけで死ぬのだ。

　結果として黒衣は封印されていたわけだが、それはおかしい気がする。

「当時のわしの主がわしを殺そうとせんかったのでな。しかし何もせぬわけにもいかなかったから封印という形を取ったのじゃ」

　結果として黒衣は周囲から忘れられ、現代まで生き残る事が出来た。

「何で、その人はお前を生かしたんだ？」

「さあの」

　黒衣は軽く首を振る。

「わしに情が移ったのかもしれんし、ほとぼりが冷めてからもう一度使役《しえき》するつもりだったのかもしれん。まあ、封印の仕方を考えれば後者かの。なんせ出る為の条件は契約者に有利なまじゃったのじゃから。ともあれ、わしは現代まで生き残り、契約という形を取らねば外には出られなかった……それが全てじゃ」

　そして黒衣は十夜を見る。

「で、どうする？」

　尋ねる。

「何を……」

「わしを殺すか？」

「⁉」

あっさりと告げられたその言葉に、十夜が言葉を失う。

「何度も言うが、わしに死ねと言えばそれだけでわしは死ぬぞ。それだけで主の長く続いた悪夢も終わる………自由になれる」

それはひどく魅力的な言葉。黒衣は強力な妖だ。それを従僕にしていれば、きっとこの国くらいなら支配出来てしまうだろう………だけど十夜はそんな事を望んでいない。十夜が望んでいるのはただ一つの事だけだから。

だけど、その望みはもう叶わない。

十夜が………叶えはしない。

「なあ、黒衣」

「なんじゃ?」

「どうして僕にそんな事を教えた?」

死ねというだけで殺せるなんて、言わなければ……ずっと気付かなかったかもしれないのに。

「何、簡単じゃ」

黒衣はにぃっと唇を釣り上げる。

「そのほうが、わしが楽しいからじゃ」

そのリスクが楽しいのだと。

「…………死ぬかもしれないのに？」

「別に死んでも構わん」

あっさりと黒衣は言う。

「死ねばこの退屈も終わる……それはそれで悪くない」

それで、その言葉で、十夜の心は決まった。

「さて、どうする？」

もう一度黒衣が尋ねる。

それに十夜は

「嫌だ」

嗤う。

嗤って答える。

「殺してやらない」

それに少し驚いたように、けれどすぐに黒衣は口を開く。

「何故、と問うても？」

無言で、十夜は頷き

「僕には、お前が必要だ」

そう、言った。

「ほう」

見定めるように、黒衣は十夜と視線を合わせる。

「わしが必要と言うたか」

黒衣も嗤う。嗤って唇を歪《ゆが》める。

「契約の義務としてではなく、お主の意志でわしが必要と言うたのか？」

「ああ」

頷く。

「ふむ」

楽しげな、何かを期待するような表情を黒衣は浮かべる。

「それで、主はわしに何を望む？」

そして黒衣は問う。

「人喰いを生かし、人の命を奪う業《ごう》を背負ってまで何を望む？」

十夜の答えを楽しみに。

それに、十夜は答える。

「僕は……」

ゆっくりと、それを口にする。

エピローグ　彼と人喰いの日常

そしていつもの朝がやって来る。


「行ってきます！」

元気のいい声で立夏《りっか》が家を飛び出した。その表情は笑顔で溢《あふ》れていて、これから始まる一日に希望しか感じていない。もちろん顔に痣《あざ》なんてあるわけもなく、純粋に彼女の心が表れているような笑顔だ。

「おはよう」

そんな立夏に、十夜《とおや》は小さく声をかける。その声は立夏に届く事はなく、彼女は十夜の方へ視線を向けることもしないまま学校へと駆けだしていた。

「おはよう」

後ろから、にやにやとしながら黒衣《くろえ》が言う。

「…………おはよう」

「何で睨《にら》むのじゃ？」

肩をすくめる。

「二度も挨拶《あいさつ》する必要ないだろ」

さっき家でしたのに。

「そうじゃな」

にやにやとしながら黒衣が答える。

「……………その眼を止めろ」

「了解じゃ」

肩をすくめて黒衣が真顔《まがお》になる。

「しかしのう、主《あるじ》」

「……………なんだよ」

「自分でやったことでわしに当たるのはどうかと思うぞ?」

「……………」

「あの娘から主の存在を忘れさせたのは、主自身が望んだ事じゃろう?」

「……………ああ」

頷《うなず》く。

「僕が望んで……忘れさせた」

呟《つぶや》いて、黒衣を見る。

「その為に、お前を生かしたんだ」

十夜が望んだ答え。それは立夏から十夜の存在を忘れさせること…………十夜の存在を気にも留《と》めないようにすること。その命令を黒衣は忠実に実行し、立夏は十夜の事を完全に忘れ去った。

「しかし解《げ》せぬのぅ」

「…………何が？」

「どうしてわしにそんな命令をしたのじゃ？」

「僕は、立夏には幸せになって欲しいんだ」

迷わずに、十夜は答えた。

「しかしそれならば主の事を忘れさせる必要はあるまい？　あの娘の幸せは主と一緒に居る事だけのように見えたがの」

「…………だから、忘れさせたんだ」

「ふむ？」

「僕と一緒じゃ、立夏は幸せになれない」

それに黒衣は首を傾《かし》げる。

「矛盾じゃの」

十夜と一緒ならそれだけで立夏は幸せだというのに、それでは幸せになれないと言うのだから。

「矛盾……してないさ」

絞り出すように十夜は声を出した。

「僕が望む立夏の幸せに…………僕の姿はないんだから」

「主が望む、か」

「そうだ、僕が望む幸せだ」

それは十夜が望む立夏の幸せで、立夏が望む幸せとはきっと違うのだろう。でも、だからこそ十夜はその勝手な望みを押し通す…………自分では、絶対に立夏を幸せにできないと決めつけて。

「難儀《なんぎ》じゃのう、主は」

呆《あき》れるように黒衣は十夜を見る。

「本当にあの娘の事を思うのなら、やはり主が一緒におる事が一番であろうに」

「…………お前に人を喰《く》わせながらか？」

「わしなら殺せばよかろう？」

やはりあっさりと黒衣は言う。

「お主とわしの事を知る者……あの退魔《たいま》官と退魔省じゃったか？　全て皆殺しにした後にわしを殺せばよい。そうすれば後腐《あとくさ》れもなくあの娘と結ばれる事も出来よう？」

「…………」

「何ならこの事に関する主の記憶を全て消してから自殺するようにわしに命令すればよい。主との契約と記憶は関係がないから、その記憶が消えた後でも確実にわしは実行するぞ？」

それなら、全てがなかった事に出来る。十夜がした事も、黒衣がしたことも、全部なかった事にして、十夜は立夏と一緒に居られる。障害になるものは排除してしまったのだから、それこそ幸せになる事も出来るだろう。

「……………できない」

それでも十夜は首を振る。

「そんな事は……できない」

何もかもを忘れて、立夏と一緒に幸せに暮らす…………そんな自分を想像すると吐き気がする。確かにそれが自分も立夏も一番幸せになれる方法だろう…………だけど今の十夜には、そんな未来を想像する事が耐えられない。

「ふむ、主は馬鹿じゃのう」

「ああ……僕は、馬鹿だ」

自嘲して、頷く。

「僕は……立夏が好きだったよ」

呻《うめ》くように十夜は呟く。

「大好き、だった」

泣いているように、声を出す。

「いつ好きになったかは覚えてない……気が付いたら、もう好きだった。子供の頃からずっと一緒だったから、離れることなんて考えもしなかった」

「それだけはっきり気持ちが言える割には、手を出しておらんかったわけじゃが？」

「………僕が、馬鹿だったからね」

自重するように、言う。

「はっきりと気持ちを自覚したのは中学に上がった頃だったかな。すぐに告白しようと思ったけど………中々できなかった。最初から距離が近すぎたせいかな、今の関係が壊れるのが怖くて………いや、言い訳だな。結局の所、僕に勇気がなかっただけだ」

そう勇気が、と十夜は呟く。

「そうやってまごまごして告白も出来ないまま日が経って、ようやく決心が出来たと思った時に立夏の父親がリストラにあった」

さすがに、沈《しず》む立夏を前にして告白する雰囲気じゃなかった。

「しばらく待てばいいと思ってたよ。そうすれば立夏の父親も再就職して、それを喜んで気分が盛り上がってる時に告白すればいい………そんな風に考えてた」

しかし結果として立夏の父親の再就職は叶わず……想像するに最悪の結果となった。

「結局、そのまま告白する機会なんて訪れなかった。立夏はいつも明るく、不安なんて何もないように僕の前ではふるまってたけど……そんなはずはないんだ。なんとか解決してあげたいと努力した時期もあったけど……結局無理だった。そんな状態で、裏で自分の彼女が殴られているのに平然と付き合えるような精神は、僕は持っていなかった」

結局十夜に出来たのは、今までと変わらない距離のまま立夏を気遣《きづか》ってあげる事だけだった……しかしそれすらも、高校に上がってからは難しくなる。十夜が不良グループに目をつけられてしまったからだ。ただでさえ父親の事が負担になっている立夏にさらなる負担を与えない為に、十夜は立夏を遠ざけるしかなかった。

「まるで道化《どうけ》じゃの」

一切の容赦《ようしゃ》なく、黒衣は評する。

「そうだね」

否定せず、十夜は頷く。

「きっともう少し、勇気があればよかっただけなんだ。気持ちに気づいてからすぐに告白していれば、恋人の立場から立夏を守れたかもしれない。立夏の父親の事だって、いっそ殴り飛ばして立夏を守るくらいの気持ちがあれば良かったんだ。佐藤《さとう》達の事だって、耐えるんじゃなくて、立ち向かって、立夏に手が及ぶなら……守ってやればよかったんだ」

けれど現実はそうはならなくて……十夜は立夏に告白できないままに、ずっと立夏を遠ざけていた。好きなのに、本当に好きだったのに、少しばかりの勇気がなかったせいでずっと遠ざけてしまっていたのだ。

そしてもう、永遠に修復する機会は訪れない。

「退魔省の……あの人、田中《たなか》って言ったっけ？　あの人に撃たれた時にはっきり悟《さと》ったよ。僕はもう立夏の傍にはいられない。傍に居るだけできっと立夏も巻き込んでしまう………僕は、立夏には幸せになって欲しいんだ」

だから、と十夜は続ける。

「立夏との日常を捨てて、僕はお前と生きるよ」

その言葉に迷いはなく、まっすぐに十夜は黒衣を見た。

「わしと共に生きるという事は、これからも人が死ぬという事じゃ」

「………そうだね」

「先の頃ならともかく、今の主に言い訳は出来ぬぞ？」

契約を結んだ頃、十夜は知らなかった。代償を支払っても、支払わずとも必ず人が死ぬという事実を止める事は出来なかった………しかし今の十夜は知っている。目の前のこの人喰いは、死ねと言うだけで殺せるのだと。殺してさえしまえば、代償を支払う必要などまるでないのだ。

「僕には、黒衣が必要だ」

はっきりと十夜は口にした。

「立夏の記憶は黒衣の術で消えているけど……ずっと消えたままとは限らない。何かの拍子で戻った時に黒衣の力はまた必要だ…………それに、立夏の父親みたいなのが現れた時に排除するのにも黒衣の力がいる」

それは以前にも黒衣が示した可能性……あの時ははっきりと否定できなかったけれど、いまならはっきりと断言出来る。もし、同じような事が起こったのなら、躊躇いなく十夜は黒衣に同じ事をさせるだろう。

「その為なら、人を死なせても構わぬか？」

「ああ」

頷く。

「僕は僕の勝手な望みの為に、僕にとってどうでもいい人を殺そう」

「外道《げどう》じゃな」

きっと、そうだろう。

「そして愚かじゃ」

嗤《わら》う。

「己を好いておる最愛の相手を捨てて、人喰いの化物と過ごす道を選んだのじゃからの」

「ああ、僕は愚かだ」

それでも迷いなく、十夜は頷く。

そんな十夜を見て、黒衣は笑う。

「やはり人間は面白いのぅ」

嬉しそうに笑う。

「学校に遅れる………そろそろ行こう」

その笑みから逃げるように、十夜は背を向けた。

「のう、主」

「………なんだよ」

振り向く。

悪戯《いたずら》を堪《こら》え切れないような顔が見えて、その距離が零《ぜろ》になった。

「なっ⁉」

慌てて顔を引き離し、思わず唇に手をやる。

「おま、いきなり、なにをっ⁉」

顔を真《ま》っ赤《か》にして十夜は慌てふためく………それをやはり黒衣は可笑《おか》しそうに笑う。

「いやの」

笑いながら黒衣は答える。

「主はわしと共に生きると宣言したじゃろ？」

「そっ、それと今のに何の関係があるんだよっ！」

「それはつまりプロポーズのようなものじゃと思ってな」

「なっ⁉」

「じゃからまあ、それに応えてみたわけじゃ」

かかか、と黒衣は笑う。

それはどう見てもからかっているようで、十夜は黒衣を睨みつける。

「言っておくけどなっ！」

「うむ？」

「僕はお前なんか大嫌いなんだからなっ！」

叫ぶ……きょとんとしたように黒衣は十夜を見て
「なるほど」

納得する。

「これが噂《うわさ》のツンデレという奴じゃな」

「違あああああああああああああああああああうっ！」


住宅街に十夜の声が響く。

それに合わせて、一際《ひときわ》大きな黒衣の笑い声が響いた。

あとがき

初めまして、火海坂猫《かみさかねこ》です。まずはこの本を手に取って頂いたことに感謝の意を。手に取っただけだよという方は是非レジまでお持ちください。改めて感謝を申し上げます。

さて、それで後書きということなのですが………多い。個人的には後書きなんて2ページくらいあればいいいと思うわけです。初刊行の作品の後書きでいきなり4ページとかハードル高い。正直このページを何で埋めればいいのやら……仕方ないので駄文を連ねることにします。

ではまずペンネームについて。

お気づきの方がいるかどうかはわかりませんが奨励賞受賞時とはPNが変わっています。応募時はＨＩＮＥＫＯというPNでした。ＨＩＮＥＫＯは某カードゲームのクリーチャーの種族から取ってます。多分わかる人にはわかるんじゃないかと。今のペンネームはそれを適当にひねっただけですね。

次は今作について……一応ネタバレのようなものも含みますので、まだ本作をお読みでない方はのちほど拝見ください。

まあ、一言でいえば黒衣《くろえ》が書きたかっただけ、それだけのお話です。老人口調の人外というキャラが好きなんですよ。それ主軸にして書いてみたくて書いたのが本作です。基本的に話しありきで書くタイプなんですが、キャラありきで書いたのはよくよく考えてみれば初めてかもしれないです。

けれどまあ、構想と完成品ではずいぶんと話も変わりました。最初考えた時なんて黒衣はふてぶてしく見えて苦悩するキャラでしたしね。

当初の設定だと黒衣は妖《あやかし》でありながら実は人と同じ心を持っていて、できる限り人を喰いたくない設定でした。それ故に十夜《とおや》に人を喰う命令をさせないようにプレッシャーを与えていたという展開です。ラストは黒衣の苦悩を十夜も背負って二人がくっついて終わりです。

…………それが何でこんな話になったんでしょうね。少なくとも一章を書いてた辺りではそういう展開の予定でしたが。途中で黒衣が実は善人だったなんて面白くねえなと思ったのが悪かったのかもしれません。最終的に人外はやっぱ人外というキャラになってしまいました。

まだページが半分までいってない……では、創作のきっかけなどを。

実のところラノベは書くよりも読む方が好きです。話を考えるのは好きなんですがそれを文章に現わすのはやはり大変です。特に自分は文章力があまりないので日常会話でよく詰まってしまいます。

そんな自分が小説を書き始めた理由は絵心がないからの理由につきます。話を考えるのは好きだけど絵心がないから漫画は無理……小説ならいけるか？　こう思ったのがきっかけだったと思います。その頃に書いたものは未だにデータとして残ってますが見直すと悶絶するものが目白押しです。

とりあえずこれから小説を書き始めたいという方はしっかりと調べ物をしてから書き始めるといいと思います。自分で適当に独学で書くとひどい事になります。まあ、書ける人はそれでもきちんと書けると思いますが。

さて、まだ枠が残ってるので趣味の話でも。そんなもんどうでもいいわとお思いの方は最後の数行まで飛ばして下さい。自分でも誰にこの話の需要があるのかはわかりません。

趣味はラノベ、漫画、映画、ゲームといったところです……まあ大体大方の予想通りといったところではないでしょうか。誰か予想したのかどうかは知りませんが。

アニメはあまり見ません。どうにも自分は三十分間テレビの前に拘束されると言う事に耐えられない人間なので。でも映画は耐えられます……この辺は好みなんでしょうね。

映画はSFやアクションが好きです。ストーリーを楽しむというより、かっこいいシーンを楽しむタイプですね。

その中でも好きな作品が「トレマーズ」。古い映画ですが何度見ても飽きません。CGなんてない頃なのにまったく色あせません。あの演出や話の構成は作家として見習いたいところ目白押しです。なんか色々とテンポがいいんですよね。リメイクとかしなくていいのでどこかでリバイバル上映して下さい。大画面で楽しみたいです。

ゲームなんですが自分は箱ユーザーです。ＲＰＧなんかはもうやらなくなって久しいですがみんなでボイスチャットしながらゲームができるのが魅力ですね。全員好き勝手なゲームやってても話せますし。そんなわけでやってるものもマルチが可能なものです。主にＭＨＦとかＣＯＤですが。特にＭＨＦは一度引退しましたが復帰して現在は廃人になりつつあります。まあ、いっしょにやってる面子がやらなくなったらやらないでしょうが。

しかしあれですね。ああやって毎日わいわい話してると人と距離感覚なんて曖昧になってきますよね。中には長らく直接会ってない友人もいますが全くそんな気しないですもん。

おお、ようやく終わりが見えてきた……４ページって長いなあ。

それでは最後になりましたがこの作品に関わってくださった皆様に謝辞を。

まずはこの作品のイラストを描いて下さった春日《かすが》さん。数々の素敵なイラストありがとうございます。ああそうか、黒衣はこんな顔だったのかと頭が下がる思いです。

そして担当編集様。右も左もわからぬような新参者の改稿作業に付き合って下さりありがとうございます。これからもご迷惑かけると思われますので気を長く付き合っていただけると幸いです。

最後に、この本を手に取ってくださった方々にもう一度謝意を。

本当にありがとうございました。

ファンレター、作品の感想を
お待ちしています

〈あて先〉

〒106－0032
東京都港区六本木2－4－5
ソフトバンク クリエイティブ（株）
GA文庫編集部 気付

「火海坂猫先生」係
「春日　歩先生」係

http://ga.sbcr.jp/

彼と人喰いの日常

発　行	2011年9月30日	初版第一刷発行
著　者	火海坂猫	
発行人	新田光敏	

発行所　ソフトバンク クリエイティブ株式会社
〒106−0032
東京都港区六本木2−4−5
電話　03−5549−1201
03−5549−1167（編集）

装　丁　AFTERGLOW（山崎剛／西野英樹）

印刷・製本　中央精版印刷株式会社

ISBN978-4-7973-6698-3
Printed in Japan

GA 文庫

GA文庫

のうりん

白鳥士郎

イラスト／切符

奇才・白鳥士郎が送る
農業学園ラブコメディー！

県立田茂農林高校── 通称『のうりん』。そこは、農業に青春をかけた少年少女の集う、人類最後の楽え「牛が逃げたぞおおおぉぉぉぉ!!」って、うるさい!!　ぼくの名前は畑耕作。ここ『のうりん』に通う、ちょっぴりアイドルオタクな高校生だ。そんなぼくの通う学校に、なんと憧れの超人気アイドル草壁ゆかたんが転校してきて……!?　奇才・白鳥士郎が送る農業学園ラブコメディー!

法石姫 ―クロイハナトナクシタナマエ―

大迫純一　イラスト／Ein

　街を、人を、破壊する異次元からの侵略者、欺哦《ぎが》。“それ”に大切な幼なじみの少女が貫かれたとき、大樹《たいき》はひとつの決意を固める!!

「俺と組め!　桜羅《おうら》!!」

「あなたは判ってない。私と繋がるということは……」

「俺の全部と引き換えにしてでも、芹菜《せりな》を助けるんだ!」

　ヒーローを追い求め続けた大迫純一の、究極の物語!